UMA SELFIE COM LENIN

UMA SELFIE COM LENIN

FERNANDO MOLICA

1ª edição

EDITORA RECORD
RIO DE JANEIRO • SÃO PAULO
2016

CIP-BRASIL. CATALOGAÇÃO NA PUBLICAÇÃO
SINDICATO NACIONAL DOS EDITORES DE LIVROS, RJ

M733u   Molica, Fernando, 1961-
         Uma selfie com Lenin / Fernando Molica. – 1ª ed.–
         Rio de Janeiro: Record, 2016.

         ISBN 978-85-01-10702-2

         1. Romance brasileiro. I. Título.

                          CDD: 869.93
15-28702   CDU: 821.134.3(81)-3

Copyright © Fernando Molica, 2016

Todos os direitos reservados. Proibida a reprodução, armazenamento ou transmissão de partes deste livro, através de quaisquer meios, sem prévia autorização por escrito.

Texto revisado segundo o novo Acordo Ortográfico da Língua Portuguesa.

Direitos exclusivos desta edição reservados pela
EDITORA RECORD LTDA.
Rua Argentina, 171 – Rio de Janeiro, RJ – 20921-380 – Tel.: (21) 2585-2000.

Impresso no Brasil

ISBN 978-85-01-10702-2

Seja um leitor preferencial Record.
Cadastre-se e receba informações sobre
nossos lançamentos e nossas promoções.

EDITORA AFILIADA

Atendimento e venda direta ao leitor:
mdireto@record.com.br ou (21) 2585-2002.

Sabe as gaiolas de transportar animais domésticos? Aquelas usadas para levá-los em aviões, que têm cobertura bojuda, arredondada? Parecia haver uma fileira delas, uma ao lado da outra, numa ala do aeroporto. Quando abertas, ficavam também semelhantes a casinhas futuristas de cachorro, prontas para abrigar uma ninhada nascida na casa dos Jetsons. Fechadas é que lembravam mais as gaiolas. Explico melhor. É como se houvesse um recuo de bateria, como aquele do Sambódromo. Você entra num saguão imenso e procura o balcão de check-in para despachar a bagagem. O check-in já havia sido feito muito antes, no Rio, de casa, no computador. Além de pagar a passagem, temos que fazer o próprio check-in, cuidar da tarefa que deveria ser de um funcionário, algum surinamês ou indonésio que já foi demitido. Perdeu seu emprego para brasileiros como eu que trabalham de graça, imprimindo o próprio cartão de embarque e despachando a porra da mala grande e velha, com fitinhas do Bonfim na alça para facilitar sua identificação na esteira e reafirmar que, sim, seu dono é brasileiro, tem muito orgulho, tem muito amor. E que, apesar do orgulho e do amor, finge não ver outros brasileiros com quem esbarra ao longo de qualquer viagem, tenta até esconder as fitinhas do Bonfim. Voltemos ao aeroporto. Lá, você procura a indicação do balcão de check-in e, entre milhares e milhares de lojas — quem é que faz tanta compra em aeroporto? —, descobre placas que indicam apenas o lugar de entrega da bagagem. Procura os balcões e vai parar no recuo de bateria, um retângulo delimitado por cordinhas onde estão enfileiradas as tais gaiolas de transportar animais, iglus criados para o passageiro despachar sua própria bagagem. O negócio tem uma lógica meio escolar. Você precisa se virar sozinho, mas é observado/monitorado por uma holandesa deste tamanho, que fica ali, atenta para as nossas tentativas de enfiar as malas naquela casinha de cachorro dos Jetsons que, em breve, ao ser fechada, vai virar uma gaiola de cachorro. Aí você vê o japonês de terno, um sujeito que deve estar acostumado com todas as novidades, que deveria pagar excesso de bagagem só pela quantidade de megabytes que leva no bolso, você vê o cara todo enrolado para enfiar a mala na casinha high-tech, pintada de branco star wars. Você vê o cara, constrangido, ter que aceitar a ajuda da holandesa deste tamanho. Dá para imaginar a vergonha do japa, imagina ser ajudado por uma mulher, por uma ocidental!, o constrangimento de se sentir caipira, logo ele, vindo de um país exportador de novidades.

Mas o cara não estava preparado para enfiar mala em casinha de cachorro que vira gaiola de cachorro. Sua mala era grande demais, não cabia direito naquele compartimento, impedia o fechamento da grade que dava ao conjunto o aspecto de gaiola para animais domésticos. É como se sua mala tivesse incorporado um cachorro, daqueles grandes, irritadiços, um dobermann que rosnava, balançava a cabeça, não admitia ser enfiado naquela casinha/gaiola. A holandesa grandalhona veio em socorro do japa, empurrou a mala, abaixou a grade que fecharia o compartimento. O cão/mala colocou seu rabo virtual entre as pernas, caim, caim, au-au.

Minha mala, por sorte, era um pouco menor, é aquela azul-marinho, você deve se lembrar dela. Dei uma olhada em volta, li as instruções em inglês, coloquei sob uma luz vermelha o código de barras da folha em que imprimira meu cartão de embarque, notei que a casinha de cachorro começava a expelir uma tira de papel adesivo que eu deveria colar na alça da mala. Peguei o adesivo, colei-o, fechei a grade, a casinha virou gaiola, a mala foi jogada numa esteira e encaminhada para o avião. Meu cachorrinho fora embarcado sem qualquer resistência, era mais japonês que o do japa. Eu completara o check-in e o despacho de bagagem sem dar sequer um bom-dia a um ser humano. Melhor assim, não queria falar com desconhecidos, não tinha vontade de conhecê-los, não queria vê-los. Toda a viagem poderia ser feita daquele mesmo jeito. Imprimiria documentos a partir de meu laptop, leria instruções em placas multilíngues, apertaria alguns botões, quando necessário enfiaria meu cartão de crédito numa máquina. E assim embarcaria, comeria, me hospedaria, e dormiria — tentaria dormir. É difícil dormir sozinho, é difícil dormir sabendo que, no meio da noite, iria acordar sem saber onde estava, em que hotel, em que cidade, em que país. Uma situação até familiar, pela estranheza. Havia muito que, mesmo em casa, eu não sabia mais onde estava.

Imagino, Eloísa, pessoas mais velhas naquele aeroporto cheio de lojas e placas e máquinas, e holandesas parrudas. Aqueles velhinhos monoglotas que sofrem diante de uma dessas TVs modernas, que se enrolam na hora de passar do DVD para o receptor dos sinais a cabo, que têm saudades da TV limitada a sete canais, aquela que nos obrigava a levantar para, como se dizia, trocar de estação. Como eles fazem para encontrar um balcão de check-in e de despacho de bagagem que não existe, que parece não existir? Como descobrir que aquelas casinhas de cachorro pintadas de branco apple são gargantas que, transformadas em gaiolas de cachorro, engolirão suas malas? Como operar aquela geringonça? Como se localizar em aeroportos não lineares, polvos de infinitos tentáculos identificados por letras nem sempre sequenciais? Como ir de um tentáculo a outro, subir e descer escadas rolantes, entrar em trens subterrâneos que não têm pilotos? Como perguntar em português, ou espanhol, ou inglês, ou chinês, onde fica o balcão desta ou daquela companhia? Como saber que seu voo não será chamado pelo sistema de som se está escrita em inglês, ou holandês, ou francês, ou alemão, ou russo, ou checo, a discreta placa que informa que o seu voo não será chamado pelo sistema de som? Como descobrir que, de passageiro, você foi transformado em personagem de jogo eletrônico, levado de lá para cá, instado a percorrer trajetos obrigatórios, a passar por esta e aquela marca, a acumular sucessivos pontos — a placa, as casinhas de cachorro, o leitor de código de barras, a tira de identificação da mala, a grade fechada, o portão de embarque, o voo que não será chamado? Todas as etapas têm que ser cumpridas sem erro, na sequência exata, no roteiro do jogo. Quem não sabe jogar que aprenda, ou que se vire, ou que perca o voo. Como aquela paulista, lembra?, no Charles de Gaulle, passageira, como nós, de um voo de Barcelona que aterrissou por volta das dez da noite, não havia mais trem que saísse do aeroporto. Era preciso chegar a um ônibus que levava a uma outra estação para que pudéssemos pegar o trem. Embrulhada em casaco de nylon, calça jeans apertada, boina de crochê enfiada na cabeça, cachecol colorido amarrado no pescoço, ela se debruçou num jirau e de lá gritou para um cara de uniforme, devia ser da faxina, que estava no andar inferior: "Meu, como pego o trem pra Paris?" Assim mesmo, em paulistês arcaico, meu, como eu pego o trem pra Paris? Lembra, né? Meu francês não é lá essas coisas, mas deu para entrar na conversa, amenizar o susto que o sujeito tinha levado ao ouvir aquela doida gritando em sua direção numa língua desconhecida. O mais divertido foi a correria para conseguirmos alcançar o último ônibus disponível. Por sorte um funcionário do aeroporto topou levar o grupo de estrangeiros, havia japoneses também, onde não os há?, até o ponto do ônibus que nos deixaria numa outra estação de trem. O melhor foi quando chegamos na tal estação, o trem ameaçando sair, os japoneses apavorados com medo de não conseguir embarcar. Uns três ou quatro pularam a roleta para não perder tempo, sequer compraram o bilhete. Japoneses também pulam roleta, veja só. Fomos — você e eu — mais ordeiros que os japoneses, antecipamos o comportamento da minha mala/cão, fizemos tudo direitinho, compramos os bilhetes e os introduzimos na roleta. Naquele dia, o Charles de Gaulle foi um aeroporto das antigas, os funcionários se esforçaram para nos atender, nos levaram até o ônibus. Acho que devem ser os últimos que ainda fazem isso. Daqui a pouco vão sumir, como sumiram os Electras, até o Concorde sumiu — parou de voar, virou monumento espetado num dos acessos a Roissy.

Como serão os aeroportos daqui a uns 20 anos, quando nós, melhor, quando eu estiver velho? (Esqueci que mulheres como você não envelhecem.) Será que vou conseguir me virar sozinho? Até lá, os procedimentos de embarque vão ficar mais simples, ou seja, ainda mais complicados. Serão simples para quem for jovem, estiver conectado com todos os avanços que virão. Será que conseguirei acompanhá-los? Será que vou ficar igual ao japonês constrangido com a mala que não cabia na gaiola? Será que ainda haverá alguma holandesa oversized disposta a ajudar um latino-americano perdido num cenário de video game? Será que estarei vivo? Será que estarei sozinho? É razoável supor que, depois de tudo que aconteceu, não estaremos juntos. Mais que uma suposição, isto é quase uma certeza. Mas, mesmo antes, nunca soube bem quando você estava comigo. Há uma grande diferença entre você estar ao meu lado e estar comigo, ainda que hoje toda essa história e qualquer sutileza não tenham a menor importância. De uma hora para outra, todas as nossas dúvidas perderam relevância, acabaram atropeladas pelos fatos, fatos irrecorríveis, incontestáveis, insuperáveis. Estou no meio de uma viagem que privilegia países cuja língua não falo, sei, no máximo, dizer um obrigado, um bom-dia/boa-tarde. Em alguns casos, nem isso. Pela primeira vez nesses nossos anos juntos, quase juntos, você não sabe onde estou, para que cidades fui, em que hotéis fiquei. Pela primeira vez ficamos tanto tempo sem nos falarmos, sequer trocamos e-mails. Abro uma exceção com esta carta, escrita de lugar nenhum — desde quando o céu é um lugar? Estou numa cápsula metálica a não sei quantos quilômetros de altura, num não território, sentado numa poltrona ao lado do corredor, sem acesso sequer a uma janelinha. Isso deve ter despertado esta minha vontade de lhe escrever — talvez por estar no ar, sem referências, sem saber para que lado está o norte ou o sul, no início de um voo de quase 12 horas que vai me levar para um lugar em que não conseguirei decifrar sequer as letras, onde não há alfabeto. Quanto menos entender, melhor. Vou enviar esta carta — se é que vou enviá-la — pelo correio, não haveria graça em despachar seu conteúdo num e-mail. É preciso que estes papéis sofram um pouco, sejam manuseados e um pouco amassados, passem por diversas máquinas, que absorvam o suor e os germes de muitas mãos. Isso lhes dará um pouco mais de vida, de história. Imagino seu susto ao encarar o pacote, o amontoado de papéis. É possível que pense ser um daqueles dossiês contra um de seus clientes, um dos que você recebe de tempos em tempos, tentativas de chantagens, de compra de silêncio. Talvez, ao descobrir o remetente, você demore a ler esta carta, adie a tarefa. É bem provável que esteja envolvida com os preparativos de alguma convenção partidária, algum megaconchavo, uma daquelas putarias que terminam com homens de terno apertando as mãos grudentas, todos sorridentes, rindo dos fodidos que continuarão a explorar. E você lá, nos bastidores, aparando arestas, tentando dar um mínimo de dignidade àquele conluio, resolvendo pendências, mandando passar notas para esse ou aquele colunista, mostrando que é parte ativa de todo o processo. Organizará o cerimonial, estabelecerá a ordem dos discursos, a posição de cada um à mesa, quem aparecerá na foto. Ficará atrás da linha dos fotógrafos, fará discretos acenos para o assessorado, gestos que apontam para dicas sobre como ficar melhor na foto, levanta o queixo, cuidado com a papada, não faz esse sorriso de quem vai bater a carteira do eleitor ali na frente. Você estará lá com seus quase 40 anos, bonita, charmosa, elegante, capaz de se equilibrar naqueles saltos que esticam ainda mais seu corpo. O rosto estampará um sorriso radiante, resultado de noite bem-dormida, sono conquistado graças à dose extra de Clonazepam, estrela maior de sua bem fornida estante de medicamentos, comprimidos alinhados naquela prateleira alvinegra, caixas brancas com tarjas pretas, air bags químicos que absorvem tantos impactos. Entre os fotografados, um ou outro com quem você terá dividido mais do que preocupações com os rumos de suas carreiras. Haverá, por parte destes, uma certa saudade, talvez o único pensamento sincero daqueles filhos da puta, que leem o orçamento com a avidez de quem visita sites de sacanagem. Eles que, naquele momento, estarão comemorando o sucesso de mais uma iniciativa que lhes garantirá mais quatro anos de poder e de pilhagem de cofres públicos.

Não sei sequer se você terá vontade de ler isto que se anuncia como um amontoado de papéis. Adianto que compreenderei a recusa. Pelo tempo, é provável que já tenha eliminado as imagens que testemunhavam nossa história, até mesmo todos aqueles arquivos virtuais de fotos e vídeos. Uma reação admissível, mas talvez desnecessária. Bastaria não fazer nada para que tudo fosse esquecido, o tempo se encarregaria disso. São arquivos que, na prática, têm caráter provisório, feitos para durar pouco. Ficou no passado a dramaticidade das cenas em que fotos eram rasgadas ou queimadas ao som de alguma trilha sonora apoplética ou chorosa. Hoje, basta deixá-las quietas onde estão, em breve não poderão ser vistas, os atuais computadores ficarão obsoletos, já estão caquéticos, saem velhos e ultrapassados de fábrica. Só os muito organizados terão paciência de transferir arquivos para as máquinas mais modernas, ou para aquelas incompreensíveis nuvens internáuticas. Arquivos ficarão assim como alguns amores, que precisam ser renovados de tempos em tempos para não sucumbirem ao tédio e à rotina. A simples omissão será suficiente para que lembranças de viagens, sorrisos, jantares e festas desapareçam, passem a ocupar um não lugar. Em pouco tempo não haverá como abrir aqueles velhos arquivos. Como ouvir hoje uma fita de rolo, ver um filme em Super 8, um vídeo VHS? Como abrir um arquivo gravado em algum disquete? O caminho será o mesmo para as nossas fotos, nossas selfies, nossos vídeos. O esquecimento passivo não servirá apenas para os amores, a morte física dos fotografados fará com que sumam os registros de seus rostos, de seus corpos, de suas expressões. Hoje ainda é simples deixar no fundo de alguma gaveta as fotos de avós, de bisavôs. Quem, no futuro, ou seja, daqui a três ou quatro anos, terá saco para ficar transferindo as imagens dos velhinhos de cá para lá, quem vai tratar de atualizar o armazenamento daqueles registros? Aos poucos, tudo se perderá, sem drama, sem cerimônias de despedida. Como são fotos virtuais, fluidas, desprovidas do suporte do papel, serão esquecidas, abandonadas em algum cemitério de computadores. Não ficarão nem como registro de época, a ausência delas é que marcará uma época que independe do tempo, onde não haverá passado, um mundo radicalmente contemporâneo, em que fotos servirão apenas para lembrar do ato de se bater uma foto. Ninguém mais suporta baixar tantas e tantas imagens, o relevante é o clique, o instante, o ato de conferir, na hora, o resultado. Não é preciso rever a foto, recordá-la. Vale, no máximo, postá-la em alguma rede social. Na minha primeira viagem à Europa, com a Lúcia, devo ter levado dois filmes, um de 36 poses e outro de 24. Tempos engraçados, cartões de crédito emitidos no Brasil não podiam ser usados no exterior, uma tentativa do governo de evitar que queimássemos todas as reservas do país. Éramos então obrigados a carregar maços de dólares e cheques de viagem, todos comprados num doleiro da Rua México, um sujeito que, depois, viraria minha fonte. Saíamos do escritório dele carregados de notas verdes, morrendo de medo de assalto. Mas voltemos aos filmes: eram sessenta fotos possíveis para trinta dias de viagem, duas por dia. Você acredita nisso? Viajar pela primeira vez para a Europa e ter direito a fazer apenas duas fotos por dia? Fotos que sequer sabíamos se ficariam boas, os filmes só seriam revelados na volta. Pois é. Aquelas sessenta fotos ainda estão vivas, em algum lugar da minha casa. De vez em quando uma surgia em meio aos papéis, e eu me deparava com aquele garoto de cabelos pretos parado diante da Torre Eiffel, um menino que sorria e olhava para mim, que me chamava de velho, que se espantava com aquilo em que me transformara, que me cobrava, me questionava, me apontava o dedo. Este tipo de arguição acabará, nosso passado ficará mais leve. Sei lá em que pasta virtual estão as fotos de nossa última viagem, nem sei se as revi. Melhor. Assim não serei obrigado, ao voltar, a conviver com aquele olhar, com aqueles olhares, o meu e o seu. Criamos a foto sem memória, veja só, a foto que não cobra, que não apresenta qualquer fatura. Uma não foto, incapaz de nos encarar, de jogar na nossa cara o que fizemos de nossas vidas. Inventou-se — tem certeza de que você não participou disso? Seria ideal para limpar o currículo/folha corrida de seus assessorados — um passado que não retorna, que fica confinado numa ausência de memória, um desafio à psicanálise, eu, eu, eu, doutor Freud sifudeu.

Por falar em memória. Num museu de Amsterdam de nome impronunciável os caras colocaram numa vitrine moldes de gesso do rosto de dezenas de nativos de alguma colônia. Impressionados com as diferenças físicas em relação ao padrão europeu, os holandeses (para você seriam "conquistadores", a Lúcia é que os chamaria de "invasores") cuidaram de obter uma prova da existência daquela gente. Pelo formato do rosto, dos olhos, eram orientais. Uma vez, li que franceses levaram papagaios, frutos e índios brasileiros para a Europa, queriam exibi-los na corte. Índios, frutos e papagaios equiparados eram todos evidências do exótico, do curioso, provas da existência do Novo Mundo. Holandeses foram menos radicais. Limitaram-se a jogar no rosto de homens e de mulheres a massa que serviria de molde para a fabricação de máscaras como as mortuárias. Era como se um pedaço de cada um deles tivesse sido deportado pelo invasor, pelo colonizador. Dava para imaginar o ódio de alguns daqueles homens e mulheres que receberam a mistura gosmenta na cara, massa que lhes arrancava a fisionomia, que sugava as expressões, as rugas, o formato de bocas, narizes, orelhas, cabelos. Havia ali uma forma de escravidão, de sequestro daqueles corpos, daquelas pessoas. Quando era criança, vi num bangue-bangue que índios dos Estados Unidos não deixavam ser fotografados, diziam que as fotos lhes retiravam a alma. Lembrei disso no museu. Transformados em peças de exposição, os rostos ficarão preservados por ainda muitos séculos, mas permanecerão sem nome, sem identidade. Ao colonizador não interessava saber se aquelas pessoas tinham nomes, parentes, filhos, se tinham história, se amavam alguém, se estavam tristes ou felizes. Não, não eram gente. Ao tratá-los como objetos, os igualavam a peças de artesanato, a troféus trazidos de caçadas. Aquelas caras atravessarão séculos anônimas, ninguém saberá como se chamavam, não há qualquer plaquinha indicando quem é quem. Apenas ficarão por lá, rostos sem história na sala ao lado da que exibe a roupa usada por uma judia num campo de concentração nazista. A vizinhança faz sentido, é didática ao revelar diferentes formas de barbárie, de submissão, de como se pode destruir o que há de humano. (Consigo, aqui no meio deste céu, desta ausência de lugar, ver o enfado estampado em seu rosto caso estivesse ao meu lado no museu, obrigada, portanto, a ouvir esta minha dissertação didática, capenga e improvisada sobre colonizadores, máscaras e identidades. Você não veio, não poderia vir. Mas esta carta, carta que você acabará lendo, funcionará como uma daquelas máscaras, testemunho de minha presença — como tatuagem, lembra da música?)

Talvez eu tenha mesmo me identificado com aqueles rostos transformados em esculturas. Estou viajando há mais de sete meses, e fico a maior parte do tempo calado, quieto, sem ter com quem falar, sem ter vontade de encontrar alguém para falar. Ganho então esse ar de panaca, de perdido, de sem saber onde estou, por que estou, se é que estou. Ao contrário dos nativos de rostos roubados, permaneço de olhos abertos, o que talvez seja pior. Eles, ao menos, parecem olhar para si, para dentro. Eu finjo olhar para fora, para esta sucessão de cenários, quadros, esculturas, desenhos, imagens de santos e de demônios. Para esses rios e mais rios, rios e suas pontes, e seus barcos. Finjo olhar para prédios antigos, para prédios novos, para os marcos deste ou daquele rei ou tirano, dos marcos de reis que eram tiranos. Sozinho, como se estivesse viajando por cartões-postais. Ao falar do aeroporto, escrevi que me sentia como um personagem de jogo eletrônico. Por viajar sem mais ninguém, tenho, nas ruas, a sensação de ter sido colocado num cenário 3D, um universo interativo, mas previsível e controlado. Como naquele filme em que o sujeito vive num mundo de mentirinha, contracena com atores sem saber que eles são atores. Aqui, ninguém me conhece, ninguém quer me ouvir, eu não quero falar com ninguém. Eu inexisto, não importo, não me relaciono, estou fora de contexto, apenas um intruso em algum filme, em um filme cujo roteiro desconheço. De vez em quando penso que é preciso encontrar onde estão as câmeras que me focalizam o tempo inteiro, que, agora, me mostram escrevendo para você, que me acompanham por cidades, ladeiras, trens, aviões, e por muitas, por muitas madrugadas, devem ter me flagrado na cama, em noites insones. Vontade de descobrir onde está o roteirista que me fez estar aqui, onde se esconde o diretor que organiza meus passos, que me manda virar à esquerda ou à direita, que me coloca nesses caminhos. É preciso haver algum sentido nisso, nos cartões-postais que se revezam, na falta de perspectiva sobre a chegada do fim. Até gostaria de ter meu mundo de volta, o problema é a quase certeza de não ter mais mundo para voltar.

No fundo, não ria, tenho orgulho de você. Da sua capacidade de adaptação, de não estranhamento. Desse seu talento de focar um objetivo mesmo diante do caos, do aparente fim dos tempos. Você se sairia bem até entre aqueles malucos, malucos normais como todos nós, que se entopem de maconha e haxixe nos coffee shops de Amsterdam, e mesmo entre as malucas-putas que se contorcem nas vitrines do Bairro da Luz Vermelha. Maconha e corpos são produtos, têm valor de mercado, lei da oferta e da procura, você me explicaria, entre uma puxada e outra no baseado, em meio àquela espetacular balançada de cabelos, flapt, flupt. Nem o torpor produzido pela erva seria capaz de diminuir a eficiência, precisão e velocidade do gesto que tanto ressaltava suas frases mais relevantes, um quase marca-texto. O fechar dos olhos acionava a cabeça que, da esquerda para a direita (devia ter algo ideológico neste percurso), de baixo para cima, numa linha inclinada, atingia o limite permitido pelo pescoço e engatava a curva abrupta, quase no formato daqueles grampos, os hairpins, de circuitos de Fórmula 1, movimento que, por sua vez, derivava em reta, sentido oposto ao do seu início. Ao cabo desta segunda etapa, outro hairpin, descendente, mais lento, em direção à base. Os cabelos vinham como retardatários, formavam um leque que, impulsionado pela cabeça, movimentava-se como uma cortina de teatro aberta de maneira repentina, que dançava no vazio. Os sons eram produzidos pelo impacto daquela massa de fios castanhos contra o ar. Flapt na subida; flupt na entrada da reta. A volta ao ponto original ocorria num quase silêncio, ouviam-se apenas os ecos daquelas chibatadas.

O efeito da maconha fez com que, tão longe, eu imaginasse o movimento em slow motion, percebesse todos os detalhes daquele golpe violento e insinuante, duro e macio, contraditório como você. Eu, ainda sob o impacto do gesto, pensaria, como pensei, em como é patético o Estado proibir que adultos consumam esta ou aquela substância química, refletiria sobre liberdades individuais, no direito sagrado que cada um tem de foder a própria vida desde que não prejudique outras pessoas. Já você, frações de segundo após o fim do flapt, flupt, discorreria sobre a grana que se perde com a não legalização da maconha. Eu, perdido nos princípios; você, encontrando-se nos resultados. Isso é produto, é produto, repetiria, me esfregando o baseado na cara. Eu teria então vontade de pedir ao caixa que trouxesse algo ainda mais forte para a minha acompanhante, algo capaz de interromper o contínuo fluxo de informações em seu cérebro, de conter aqueles finíssimos rios que alimentavam neurônios que, mesmo sob efeito da combinação tarja-preta--erva-verde, não paravam de fazer planos, projetos, cálculos; sinapses que espalhavam cifrões de desenho animado por todos os cantos. Deveria haver na Terra uma maconha aditivada, um super-hiper THC, algo capaz de fazer com que você ficasse quieta, parasse de traçar cenários e detectar oportunidades. Descubra uma necessidade e a preencha, descubra uma necessidade e a preencha, repetia, repetiria diante do desfile de maconha e maconheiros, e da lembrança das putas envidraçadas. Sozinho, fiquei pensando no que você diria se estivesse lá. Conseguia ver os tais cifrões espalhados por seu cérebro, presentes em seus neurônios e terminações nervosas. No caminho de volta para o hotel, você falaria e falaria que iria convencer um tal deputado a embarcar de cabeça na campanha da legalização da maconha, o cara estava ferrado, perdendo votos a cada eleição, por pouco não ficara fora da Câmara. Sua imagem conservadora, de bom pai de família, ajudaria a dar credibilidade ao discurso da liberalização, ele teria também como apresentar razões médicas, caralhadas de estudos científicos, de pareceres, de atas de congressos médicos. Porra, tente ficar quieta, tente não pensar em trabalho o tempo todo, tente não achar que todos esses filhos da puta dependem de você, eu diria, eu pensaria em dizer, meu cérebro estaria enfumaçado demais para conseguir juntar sujeito, verbo, predicado e esporro. Mas você não estava lá, fumei ao lado de estranhos, limitei-me a imaginar seus argumentos, me irritei com seus planos, duelei sozinho, voltei para o hotel pensando o tempo todo no que você diria se estivesse lá, e nas respostas que eu lhe daria. É incrível, mas você embarcou comigo, veio do pior jeito possível. Viaja entranhada, passageira clandestina que se imiscuiu em minhas roupas, no meu corpo, em tudo o que pensei, no que não falei porque não tinha com quem falar. Eu fugi de você e você, filha da puta, conseguiu dar um jeito de vir, veio dissimulada, escondida, me acompanha e assombra o tempo todo. E, pior, por mais que me esforce, eu não consigo deportá-la.

Você certamente se lembra do dia em que travamos o primeiro contato profissional. Foi por telefone, mas foi nossa primeira conversa, você me ligou para reclamar de uma matéria que eu havia feito, uma história que envolvia um assessorado seu, aquele prefeito de Magé ou de Macaé, vou morrer sem saber distinguir uma cidade da outra, é como

Itaguaí e Itaboraí, uma tem mar e porto, fica perto de Santa Cruz, a outra tem ou tinha aquelas antenas parabólicas imensas e fica do lado de São Gonçalo, não sei qual das duas é pior. Mas o seu prefeito era de Magé ou de Macaé. E eu tinha conseguido, sei lá como, cópias de cheques e de extratos que mostravam como ele tinha contrabandeado para a própria conta-corrente dinheiro da saúde que fora transferido para a prefeitura pelo governo federal. Batom na cueca era pouco. Um negócio evidente demais, que dava vergonha, nojo. O dinheiro chegava num dia, pernoitava no banco e, na manhã seguinte, era tangido feito gado para a conta do seu cliente. Tudo documentado, passível de ser entendido até por um repórter como eu, incapaz de fazer uma regra de três, que utilizava o computador ou o celular para qualquer subtração que envolvesse aquela história de pedir emprestado — 100 menos 49, por exemplo, ainda hoje aqueles dois zeros infernizam minha vida. Até eu conseguia entender aquele desvio de dinheiro público. Não havia risco de erro, alguém quebrara o sigilo bancário do cara e o da prefeitura e me repassara os documentos. Eu peguei tudo, chequei, liguei pro tal prefeito, que mandou dizer que estava em reunião, devia estar contando dinheiro, o filho da puta. Escrevi a matéria, expliquei que não havíamos conseguido falar com o acusado, e fui para casa. Devo ter ido ao Ferreira beber alguma coisa. Aí, no dia seguinte, lá pelas dez da manhã, eu tinha acabado de chegar ao jornal, você me liga para reclamar. E toma de dizer que a reportagem era irresponsável, que eu havia me utilizado de dados obtidos ilegalmente, que o sigilo bancário era protegido pela legislação, que isso, que aquilo, que mais isso, que mais aquilo. Tudo dito naquela velocidade máxima, com base na sua técnica de falar sem respirar, sem deixar pausas, certamente desenvolvida após a análise das sequências de socos que o Mike Tyson costumava disparar nos adversários. Isso, no tempo em que ele socava os outros, não vinha ao Brasil descolar uma graninha cantando "Garota de Ipanema" em programa de auditório. Você era o Tyson em plena forma, é até hoje. E tome de diretos e ganchos contra minha sonada defesa, incapaz de esboçar um clinch, algo que impedisse ou ao menos neutralizasse seus golpes. Cheguei a afastar o telefone do ouvido, esperei o término de sua fala e perguntei se seus argumentos haviam acabado. Você respondeu que sim. Eu, então, disse o que não poderia ter dito. Que seu assessorado era um ladrão, não passava de um assassino, o dinheiro que ele roubava de hospitais e postos de saúde causava a morte de muitas pessoas. Gritei que você deveria ter vergonha de receber grana daquele cara, que possivelmente seu escritório, seu botox, sua escova progressiva, suas margaritas, suas roupas da Animale ou da Sacada, suas viagens para Nova York e seus tailleurs — nem sei por que achava que você usava tailleurs — eram pagos com a verba que deveria comprar remédios e equipamentos para as unidades de saúde de Macaé, Magé, Macapá, Marataízes, Manaus, qualquer uma dessas que começa com M. Ainda ressaltei sua cumplicidade tardia com aquele marginal. Você não sabe como foi engraçado não ouvir a sua voz, perceber que ficara tão surpresa com minha reação que nem sequer esboçara uma resposta. A temida e implacável assessora/mentora dos políticos mais poderosos do estado ficara, por alguns longuíssimos segundos, sem saber o que fazer ou dizer. Por certo estaria, mentalmente, folheando seu manual de gerenciamento de crises, aquele que você escrevera para consumo interno, tentaria se lembrar se dele constava algum verbete que ensinasse a lidar com jornalistas agressivos, respondões, violentos e que pareciam não ter medo de retaliações, de queixas ao chefe. Depois, deve ter consultado aquele outro e impublicável manual de gerenciamento de crises-graves-pra-caralho, um guia de golpes baixos, ameaças, de chutes no saco, de frases como vou ligar para o diretor de redação, vou reclamar com o dono do seu jornal, vou cortar toda a publicidade dessa merda, vou acabar com a sua carreira. Eu estava pronto para ouvir seus impropérios, seus xingamentos, suas ameaças. Mas você, depois dos tais longos segundos, limitou-se a dizer que minha atitude não era compatível com a de um profissional, que lamentava meu radicalismo e minha má educação. Ainda me deu bom-dia antes de se despedir. Acho que foi ali, naquele instante, que aventei a possibilidade de me apaixonar por aquela mulher que acabara de gritar comigo. Minto. Foi ali, quando você certamente pensava em me destruir — projeto que atingiria seu objetivo, por linhas pra lá de tortas —, que pensei que deveria comer você.

Mas duvido que se recorde da primeira vez que nos vimos, da primeira vez que a vi. Foi marcante apenas para mim, afinal. Nunca tive coragem de contar isso, conto agora porque não há mais motivos de preservar qualquer segredo. Você trabalhava como recepcionista no prédio em que eu estagiava, aquela estatal. Eu fazia clipping, passava as manhãs recortando notícias sobre energia. Não durei muito tempo no emprego, logo apareceu uma chance em jornal. Mas lembro que, logo no início do estágio, você me atendeu, pediu minha carteira de identidade e demonstrou espanto ao saber que eu me dirigia à assessoria de imprensa. Perguntou se era para fazer alguma entrega. Não, trabalho lá, sou jornalista — exagerei um pouco. Era estagiário e, embora já com 23 anos, estava longe de me formar. Do alto dos preconceitos adquiridos em sua formação suburbana, você não poderia imaginar que aquele sujeito de cabelo grande, despenteado para o alto, pudesse ser jornalista, trabalhar ao lado daqueles engravatados da assessoria. Você, na época, não relativizava, trabalhava na base do sim e do não, do isto ou aquilo, do pode subir, não pode subir. Ascendente, sabia separar o mundo com base numa imaginária e infinita linha de trem, linha que dividia quem morava de um lado ou do outro de um mesmo bairro. Você e seus pais tinham, apurei depois, acabado de se mudar de um lado para o outro do Engenho de Dentro, para pertinho da Dias da Cruz, praticamente no Méier, a meio caminho da Tijuca, um luxo. O fato de, muito jovem, ter que trabalhar de recepcionista não chegava a impedir que — cabelos longos, de um castanho claro, cara de riquinha, todos os dentes brilhantes no lugar — me olhasse de uma maneira superior. Eu tinha jeito, vi nos seus olhos, de quem morava do lado mais pobre de algum subúrbio ainda mais distante que o seu. Pior, você acertou. Como eu sei que era você que estava lá na recepção? Pelos seus olhos, pela sua voz, pelos seus peitos que ameaçavam pular da blusa branca sob o blazer azul-claro. E pela plaqueta de identificação que trazia seu nome, Eloísa Blaumsfield. Nome curioso, chamou minha atenção, não havia tantos Blaumsfields assim no mundo — para sorte da humanidade, sua família é econômica no processo de reprodução. A plaqueta ficava sobre seu peito esquerdo, servia de patamar para meu olhar, um primeiro degrau. Pela ordem: plaqueta-peito 1-peito 2. Depois daquele dia, passei a evitar ser atendido por você, tratei de fugir de sua arrogância, mas, de ladinho, continuava a olhar para sua plaquinha e para seus peitos. Como é que eu poderia saber que, naquela época, você, ainda menina, com uns 18 aninhos, também era estudante de Jornalismo?

Anos depois, uns dez, você, ainda novinha, linda, cara de menina, se transformaria em uma das mais poderosas, endinheiradas, charmosas e temidas conselheiras de políticos do estado, muito mais do que assessora. Alguém capaz de fazer milagres, de recuperar as mais danificadas reputações, pessoa de trânsito fácil entre repórteres, colunistas, editores, mas que também circulava com desenvoltura nos bunkers empresariais ou nos que abrigavam o poder. Capaz de alternar uma extrema doçura de voz com a dureza que fazia tremer palácios de governo. Você já então cultivava a fama de ser uma versão terrena e feminina de São Judas Tadeu, o das causas impossíveis. Em gabinetes de políticos e mesmo em algumas assessorias menores era comum ouvir algo como desculpe, mas é melhor procurar a Eloísa, ela tem mais traquejo nesse tipo de situação. Lembro que, num dos nossos primeiros encontros, ficou puta quando eu disse que você e alguns de nossos melhores advogados criminalistas deveriam exibir, grudado na recepção de suas empresas, cartaz que delimitasse a clientela, que dispensasse a chegada de inocentes. Que estes procurassem anjinhos como eles, bom mesmo era provar a inocência de culpados. Seu trabalho tinha um objetivo, uma linha, havia muito você decidira escapar daquele universo bobinho e enjoadinho que envolve celebridades. Não haveria graça alguma em mandar releases para repórteres e seduzir colunistas. Convidá-los para shows, festivais e eventos esportivos era mole, poucos resistem — poucos resistimos — a um jabá. Mas isso não lhe apetecia, não despertava seus melhores e piores instintos, sua necessidade e vontade de brigar, de defender, com as unhas feitas e os dentes protegidos por facetas, o dinheiro e a confiança depositados por seus clientes. Não era só pela grana, eu sei. Você jamais se prestaria a tanto por conta de algumas dezenas de milhares de reais. O importante era a briga, a disputa, a causa impossível. Você chegava a desdenhar de advogados, dizia que o trabalho deles era mais fácil, os clientes deles dependiam de provas contra si para serem condenados, e não era nada simples encontrar elementos comprometedores em casos de corrupção. Os sujeitos ficavam livres, mas com carreiras e imagens destruídas, aos pandarecos. E era aí que você entrava. Não bastava impedir que fossem presos, o difícil era mantê-los socialmente vivos, para isso era necessário moldar e divulgar uma imagem falsa, mas crível, admissível. Você, Eloísa, é quase um sabão em pó, aquele que lava mais branco, uma Suíça em forma de gente. Não lava dinheiro — ainda que não pergunte sua origem —, mas é insuperável na tarefa de limpar reputações.

Lembrei muito de você em Londres, ao visitar o Museu Britânico, um depósito da rapinagem promovida pelo antigo império. Eu tinha estado lá havia muitos anos, umas duas décadas, até me esquecera da quantidade de tesouros afanados de outros países que está exposta. Templos e esculturas levados da Turquia, da Babilônia, do Egito, da Grécia. No museu ficam 60% das esculturas que sobraram do Parthenon, tesouros cujo valor seria suficiente para saldar a dívida contraída por gerações e gerações de gregos. Engraçadas são as explicações para a pilhagem, anotei algumas delas, não queria esquecer da cara de pau daqueles sujeitos. Cheguei a pensar que você fora a autora dos textos que tentam justificar o injustificável, a presença, no centro de Londres, de peças-chave de civilizações que floresceram a milhares de quilômetros dali. Um deles é espetacular, dá a versão oficial para o contrabando das peças cometido por um tal de Thomas Bruce, Lord Elgin, embaixador do Reino Unido na capital do Império Otomano, que controlava a Grécia. Em 1801, ele se disse chocado com a destruição de monumentos e, veja só que caridoso, se ofereceu para preservá-los. Obteve então das autoridades otomanas autorização para cortar e retirar peças do Parthenon e de outros monumentos da Acrópole. O pirata, que chegou a ser preso na França por conta de seus problemas financeiros, levou todos aqueles tesouros para seu país e os vendeu — sim, vendeu — ao governo. O conjunto ficou conhecido como os Mármores de Elgin. Ou seja, segundo as autoridades de Sua Majestade, tudo aquilo foi feito para salvar as peças. Eles e colonizadores de outros países salvaram as peças da mesma forma que se diziam interessados em salvar almas de africanos, orientais e americanos, todos invadidos, mortos, espoliados. Dá para imaginá-los dizendo algo como viemos aqui para salvá-los de vocês mesmos, para proteger as lindas obras de arte dos povos que as criaram. Vocês são pretos, vermelhos, amarelos, não sobreviveriam sem nós, não conseguiriam nem mesmo morrer sem nossa ajuda, sem nossa fé, sem nosso deus. Não seriam salvos, suas almas ficariam batendo em portas erradas, de falsos deuses. Gostamos tanto de vocês que viemos lhes oferecer o privilégio de abreviar o tempo necessário para desfrutar do paraíso, do encontro com o Criador. Não, não viemos matá-los, não cabe usar este verbo. Viemos, sim, guiá-los, com rapidez e eficiência, para o esplendor da vida eterna. Por que perecer, arrastar a vida neste vale de lágrimas, se podem ir logo para a casa do Pai? Fiquem tranquilos, cuidaremos bem de tudo de belo que vocês, inexplicavelmente, conseguiram produzir.

Não há dúvida, você fez algum frila para o museu, eu reconheço seu estilo, seus argumentos, suas justificativas. Eu conheço você, cacete. Numa outra sala, eles expõem belíssimas placas esculpidas, todas trazidas do Benin, na Nigéria, que, lá pelo fim do século XIX, resistia à presença britânica. O material foi obtido numa vingança contra os nativos que — veja lá se pode isso? — haviam atacado a representação consular do império e matado alguns de seus funcionários. Na retaliação, foram roubadas de um palácio mil placas esculpidas em latão, que seriam vendidas pelos oficiais encarregados pelo ataque. Um textinho exposto no museu diz que as peças causaram sensação na Europa, representaram a descoberta da arte africana. O coleguinha que o redigiu procura dar a entender que os fins justificaram os meios. O material acabaria comprado por vários museus, a maioria no Reino Unido e na Alemanha. Mas o melhor da história é o último parágrafo, há que se louvar a sinceridade dos caras. Eles dizem que, entre os anos 1950 e 1970, umas trinta peças foram vendidas pelo Museu Britânico à Nigéria. Sim, vendidas a seus antigos donos, surrupiados seis décadas antes. E eles contam isso na maior naturalidade. Tem certeza de que não foi mesmo você que escreveu aqueles textos?

Pior é que minha ironia não faz qualquer sentido, nós dois sabemos que eu poderia ter escrito tudo aquilo. Já redigi textos piores, ainda mais calhordas, mentirosos, enganosos, incapazes de passar por qualquer detector de mentiras. E você ainda os elogiava, delirava com minha capacidade de seguir os conselhos daquele ministro, cuja conversa com um repórter foi transmitida por engano e captada por parabólicas. O fundamental seria ressaltar o que era importante para nossos clientes e, ao mesmo tempo, esconder — melhor, não enfatizar — o que não deveria ser dito, ou admitido. Os meus trabalhos eram ótimos, não diziam porra nenhuma, passavam sempre ao largo do relevante. Equivaliam aos biquínis que, na definição dada pelo Silveira, mostram tudo, menos o que é importante. Eu, que virei jornalista para contar histórias, me tornei especialista em contar não histórias, perito na arte de fabricar biquínis em forma de releases, de notas, de comunicados. Lembro, você também não deve ter esquecido, daquela vez em que produzi uma nota que desqualificava todas as acusações contra o nosso cliente, um senador, né? E olha que as acusações eram todas verdadeiras. Eram verdadeiras, mas traziam pequenas falhas, algumas quase imperceptíveis contradições, tudo devidamente explorado e ressaltado em nossa nota oficial. Consegui fazer com que aqueles quase insignificantes lapsos crescessem a ponto de anular todas as verdades assacadas contra nosso cliente. De tão feliz com o resultado, você me agarrou na minha baia de trabalho, o escritório estava vazio, só havia nós dois por lá. Você me beijou, arrancou minha camisa, abriu meu cinto e o fecho ecler da minha calça. Trepamos na minha mesa, eu ali sentado, você por cima de mim. Usei o print da nota para me limpar. Aqueles caríssimos papéis reciclados que você comprava para ressaltar nosso compromisso com a sustentabilidade eram bem mais porosos que os comuns, a ponto de permitir que eu conseguisse usar um deles para me limpar. Você não admitia nota oficial impressa em Chamequinho.

Quando me seduziu com aquele salário, uma merda, mas que representava três vezes mais que a merda ainda mais irrelevante que eu ganhava no jornal, você me disse que a qualidade dos meus textos tinha sido decisiva na sua escolha. Que, apesar de todos os nossos pequenos conflitos — pequenos conflitos, nada, havíamos saído na porrada telefônica por umas outras quatro ou cinco vezes, você chegou a se queixar de mim à chefia de redação, minha cabeça quase foi parar em cima daquele poste que fica em frente ao jornal, aquele que tem a base toda mijada por mendigos e cachorros —, que, apesar disso, eu era um ótimo profissional, era raro encontrar alguém assim, que escrevia bem, que era incisivo, mas cuidadoso com as informações, todas sempre checadas. Minha ida para a empresa representaria um marco, uma mudança de paradigma neste mundo novo da internet, de profusão de informações, muitas delas inconfiáveis. Que era fundamental mudar a forma de trabalho, torná-lo menos officialesco, chapa-branca, sair da lógica de truculência. Afinal de contas, não é mesmo?, flapt, flupt — o balançar dos cabelos também era usado para marcar falsas perguntas, as que você fazia e respondia —, trabalhamos com informação, o fato de estarmos deste lado do balcão e não do outro não significa que tenhamos compromisso com a mentira, com a farsa. E eu ali, olhando para seus cabelos castanhos, flapt, flupt, para seus peitos, para sua boca, pensando no meu futuro contracheque, no salário triplicado, na vida sem plantões de fim de semana, na ausência de trabalho em feriados, parecia uma criança pobre que, subitamente rica, passaria a ter direito a natais, réveillons, semanas santas, feriados prolongados, viagens à Disney. Ainda por cima era elogiado pela dona de uma assessoria respeitada, que se derretia pelo meu texto, exaltava minha apuração, a clareza das frases, os encadeamentos, as conclusões. Eu, potentado do Império Otomano, cedia de bom grado os meus mármores, meus tesouros, permitia que você os protegesse longe de mim; nativo de alguma ilhota do Pacífico, aceitava feliz que você tirasse um molde do meu rosto, para talvez adaptá-lo, mudar isso ou aquilo, menos nariz e orelhas, lábios mais finos, olhos mais abertos — não tão abertos que pudessem perceber o tamanho da besteira que eu estava fazendo. Naquele momento, enquanto você descrevia meu texto como quem explica detalhes de uma massagem tailandesa — palavras alongadas, pronunciadas baixinho, como se ditas entre eventuais mordidas na minha orelha —, eu tentava conter a explosão do gozo, me dividia, temia nunca mais voltar para um jornal, duvidava se tinha mais tesão em você ou no meu futuro salário. A constatação de que a grana me permitiria sair da casa dos meus pais e alugar um apartamentinho no Catete foi decisiva para a liberação do jorro, para o espasmo, para o me jogar em você. Brindamos minha contratação no próprio escritório com um espumante produzido na vinícola catarinense de um de seus, de um dos nossos, clientes. Foi o melhor espumante ruim que tomei na vida.

Em Berlim há um museu que também abriga templos e outros tesouros transplantados da Grécia, do Oriente Médio. Fui lá duas vezes. Numa dessas visitas, o guarda, árabe de uns 60 anos, viu que um jovem da mesma origem observava uma porta decorada com múltiplos entalhes e pinturas. Comentou então que a peça viera da Síria. O rapaz, irônico, perguntou o que a porta estava fazendo ali, na Alemanha. "Não sei", respondeu o vigia, abaixando a cabeça, levantando os braços — corpo que dizia que sim, todos sabiam muito bem que aquela e tantas outras peças não deveriam estar ali. Que nem ele deveria estar ali, trabalhando como segurança de objetos que haviam sido roubados de sua terra. Pena que esta cena ocorreu há poucas semanas, deveria tê-la presenciado antes da decisão de ir trabalhar com você, de me transplantar. Meu caso é bem mais grave que o da porta, eu escolhi sair de onde estava, optei por virar peça, em me deixar ser exposto. A culpa também foi minha.

Não falei que você está do meu lado o tempo todo? Um vizinho de poltrona conseguiu encontrar um samba na programação musical do avião, o som vaza de seu fone.

Lembrei de uns músicos e capoeiristas brasileiros que vi na Leidseplein, em Amsterdam, uma praça que reúne turistas em busca de malucos alternativos, malucos que sumiram de lá faz muito tempo, assustados com a presença de tantos turistas em busca deles. Vestidos de amarelo, os brazucas chegaram e começaram a se ajeitar numa calçada que fica perto do McDonald's. Dei uma olhada em mim mesmo, verifiquei se trazia na roupa ou na mochila algum sinal externo de brasilidade. Nada, estava limpo, não seria reconhecido por nenhum compatriota. Nem minha solidão acumulada ao longo da viagem me faria iniciar uma conversa com desconhecidos baseado apenas numa coincidência histórico-geográfica, o fato de que todos — eles e eu — éramos contemporâneos e havíamos nascido no mesmo e exageradamente imenso pedaço de terra batizado com nome de árvore. Foi quando, de novo, lembrei de você, imaginei o que faria se estivesse ali. Não duvido da possibilidade de você chegar perto dos caras, cumprimentá-los, dar uma sambadinha — aquele estilo que combina imobilidade de pés, dureza de quadris e uma movimentação de braços e mãos capaz de rivalizar com a de Elis Regina cantando naquele festival. O plim-plom de suas pulseiras complementaria a percussão. Consegui vê-la puxando conversa, procurando saber o que faziam na Europa, de que lugares do Brasil tinham vindo, havia quanto tempo estavam por lá. Sabe aquela simpatia que sai por todos os seus poros, indomável, irreprimível? Pois é. Não duvido que, na praça, você pediria umas músicas, começaria por algum samba-enredo ("Ex-plo-de co-ra-ção na maior felicidade"), cantaria que o bom era viver sem ter vergonha de ser feliz, e depois, ainda mais soltinha, perderia a timidez e sugeriria algum pagodão, Sorriso Maroto, aquele seu repertório de festa de firma. Não tentaria um sertanejo universitário por temer ser abandonada por mim, é importante ter algum limite. Na conversa, admitiria até a hipótese, por que não?, de assessorar o grupo caso seus integrantes retornassem ao Brasil. Talvez até aventasse, enquanto postasse fotos suas com o grupo no Facebook — fotos que teria me obrigado a bater —, a possibilidade de criar uma divisão na empresa voltada para as artes, para os espetáculos, há tantas leis de incentivos, tantas possibilidades de captação de recursos. Mentira, mesmo diante da perspectiva de faturar muita grana você nunca trocaria seus políticos por um bando de capoeiristas. Mas sua necessidade de agradar é incontrolável, absurda, espantosa, quase um caso clínico, a ponto de absorver outras personalidades. Até entendo que você, de vez em quando, precisasse se curvar ao gosto musical de funcionários ou clientes. Mas não consigo compreender como passava a gostar de tanta coisa ruim, deve ser algo por osmose, fenômeno provocado por sua frequente presença em palanques montados na Zona Oeste, na Baixada, no interior. Aqueles sambinhas toscos, de letra única, amor, calor, paixão, tesão e gozo, você, minha vida, bandida, querida, adoooooro. Viu? Acabei de compor um, posso chamá-lo, em homenagem ao lugar onde estou, de "Pagode do avião", ão, ão, ão, ão, é você meu avião. Não, não faz essa cara de nojo, você gosta de coisa bem pior. Uma vez, por conta de um futuro cliente, você me arrastou para um show de sertanejo, o tal deputado ou senador era ruralista, plantava soja em Mato Grosso, algo assim. E você queria muito aquela conta. Quase caí para trás ao ver que você conhecia de cor quase todas as letras, que cantava, sorria, evidenciava o prazer de estar ali, naquela espécie de consultório de dentista — sim, aquela merda doía — instalada no inferno. O sujeito adorou aquela sua identificação com o universo rural, não sei como não a arrastou dali até a fazenda dele, para mostrar a plantação, os tratores, as sementes transgênicas. Depois, em casa, você me confessou que passara uma semana se preparando para o show, ficou ouvindo aquelas músicas no carro, a caminho do escritório, no cabeleireiro. Eu reconheço ter ficado pasmo e, acredite, mais apaixonado por você, por sua dedicação ao trabalho. Até porque eu sei que você detestava aquele tipo de música, nem de samba você gostava, conhecia apenas os inevitáveis, os necessários para sua atividade. Até que dava para aturar aquelas baladinhas que tanto traduziam seu gosto musical, hits que tocam em todas as festas de casamento, quiçá sempre na mesma ordem. Eram chatinhas, previsíveis, mas aturáveis. Como eu também nunca tive paciência para o trio formado por pandeiro, cavaco e violão, não era assim tão difícil chegarmos a um consenso. Fechávamos nos Beatles, você admitia algum Rolling Stones, perguntava se eu ia me matar quando ouvia Smiths — que coisa deprimente, chata, você frisava e repetia — e dizia que eu passara da idade de gostar de Franz Ferdinand. No campo musical, nossas divergências até que eram bem-humoradas. Por incrível que pareça, nós éramos bem-humorados.

Acho que nunca vou saber ao certo por que fui contratado, tirado do jornal. Já lhe perguntei, você me respondeu, respondeu com a mesma firmeza, a mesma aparente sinceridade e a mesma eficiência com que recita argumentos em defesa daqueles seus indefensáveis. Repetiu o mantra da minha competência, do meu bom texto, do meu equilíbrio, da minha apuração detalhada, do meu elevado grau de responsabilidade. Disse o que eu gostaria de ouvir, do que não posso discordar. Sei dessas minhas qualidades, mas sei também que tivemos alguns bons e intensos conflitos relacionados a matérias que costumava fazer, como aquela contra o governador que você, ágil, conseguiu abortar. Antecipou-se ao meu pedido de ouvir o outro lado, soube do assunto e disparou a ligação para o jornal. Esperta, nem sequer mencionou que sabia de minha pauta, da minha reportagem. Apenas propôs um almoço da cúpula do jornal com o governador, sim, vocês podem levar o editor de política, podem aproveitar o encontro para uma entrevista, um homem público tem que estar sempre à disposição da imprensa. E, olha, o governador gostaria muito de ir até o jornal, conhecer esta equipe tão aguerrida, que faz um trabalho essencial para o povo do nosso estado. O jornal ficou embevecido com os elogios, com a proposta. Havia muito tempo que pedíramos uma entrevista ao governador, e nada. Agora, a oportunidade surgia, um encontro amistoso, de amigos que querem o bem do nosso estado, de pessoas que, embora em campos opostos, lutam pelo mesmo objetivo. Filha da puta, você sabia que apenas a visita, o pequeno gesto de gentileza, seria capaz de gerar uma trégua de, digamos, duas semanas, período em que o jornal trataria de não criar arestas com Sua Excelência. Seria uma deselegância publicar algo agressivo contra o governador naquele período. Minha matéria sobre a indecente concessão de vantagens àquele estaleiro só seria impressa bem depois da assinatura do contrato, quando já não podia impedir a concretização daquela jogada. Deu repercussão, o assunto era bom. O Ministério Público disse que ia investigar, mas o mal já estava feito. A história ficou nas páginas por três dias, e acabou substituída por algum outro escândalo, somos muito bons na criação de negociatas, as putarias se sucedem.

Duas semanas depois, você me ligou, chamou para almoçar. Eu pensei em não aceitar, demorei a responder, não via o menor sentido em ter qualquer conversa. No máximo, poderia me divertir contando que sabia de seu passado de recepcionista, que você já pedira minha identidade — anos depois, a sequestraria —, digitara meus dados, apontara na minha direção a camerazinha que fica na portaria de prédios comerciais. Aquele momento fora profético. Você me identificou, me enquadrou, me fotografou. Por alguns instantes, ficou dona de minha imagem, da minha cara, da expressão mal-humorada que sempre exibo cada vez que sou obrigado a passar por este ritual. Foi mais ou menos isso que, tantos anos depois, voltaria a fazer. Mas o jogo se invertera. Eu passara de estagiário promissor a um não tão jovem assim repórter promissor. Você, de recepcionista terceirizada, se transformara em dona de uma puta agência, alguém capaz de, se fosse o caso — não seria, eu imaginava —, me oferecer um emprego. Durante o encontro, possivelmente, tentaria acalmar meus ímpetos assassinos, minha ânsia de chutar baldes, minha vocação de fazer justiça com as próprias teclas. Talvez acenasse com almoços com alguns de seus assessorados, encontros que eu, por questões profissionais, não poderia deixar de aceitar. Como o Almeidinha dizia, santos não passam boas matérias, duvido que Madre Teresa de Calcutá tenha, alguma vez na vida, sido fonte de algum repórter. Políticos honestos são ótimos para que possamos votar neles, mas revelam-se péssimos na hora de entregar informações úteis para jornalistas. Lembro que ele dizia que seu caderninho de telefones poderia justificar uma prisão por associação ao crime, nele estavam listados bandidos de todas as patentes e classes sociais.

Eu não poderia deixar de conhecer os seus bandidos, Eloísa, de listá-los em minha agenda de contatos. Então, fui ao almoço, aquele restaurante nem carinho nem pobrinho na Glória. Nada que parecesse humilde demais, e revelasse alguma dificuldade de sua empresa, nada que deixasse transpirar de maneira ostensiva a riqueza que você se encaminhava para acumular. Você chegou deslumbrante, havia se esmerado em se produzir daquele jeito que indica a quase ausência de produção, o tal do só um batonzinho em que caímos como idiotas. Meio empapuçado pelo couvert, fiquei ainda mais pesado com os elogios dirigidos a mim. Vontade de pular sobre você, derrubar mesa, pãezinhos, pastinha de bacalhau, queijinho, de arrancar sua roupa, gritar você ainda não viu nada dos meus talentos, de espalhar aquele azeite extraultravirgem sobre seu corpo, de comê-la no meio do restaurante. Contive-me. E você falava, só você falava, por que interromper o desfilar de tantos e tantos adjetivos? Com jeitinho, e entre uma e outra passada de patê na torrada, entre um e outro comentário agradável — "Esse couvert é criminoso, arrebenta com minha dieta" —, entre uma conferida e outra de e-mails, você fez reparos pontuais ao meu radicalismo, a uma certa injustiça que eu cometia ao não reconhecer qualidades e realizações de alguns dos seus clientes. Na política, ninguém tem maioria, é preciso negociar, fazer algumas concessões, se não for assim não se governa. Todos temos que ser um pouco flexíveis, não é mesmo? Sim, talvez, de que assunto você está falando, gata? Eu não conseguia ouvir direito, comparava os seus peitos com os peitos de tantos anos antes, os percebia maiores, silicone? Imaginava a plaquinha de identificação, Eloísa Blaumsfield, balançando naquela sua blusa laranja, de tecido fino, que ameaçava alguma transparência. Mal entendia o que você dizia, mas percebia sua esforçada tentativa de relativizar o irrelativizável, roubo é roubo, porra. Mas cadê que eu conseguiria dizer isso sem ofender aquele seu par de peitos? Você ainda estava de saia, eu tentava não pensar em suas coxas ali, a menos de um metro de distância, uma grudada na outra, talvez um pouco suadas, salgadas, fazia calor lá fora — eu seria incapaz de falar algo que pudesse incomodá-las, magoá-las. O que eu poderia dizer? Negar, repelir, assumir uma postura olímpica? Ainda arrisquei, disse que sim, era preciso admitir alguma negociação, ter jogo de cintura, mas, marquei posição, isso é bem diferente do roubo organizado e constante dos cofres públicos. E você, filha da puta, concordou. E não é que concordou? Mas quem falou nisso, eu jamais admitiria trabalhar para um desses ladrões, sim, eu concordo com você, são ladrões, pessoas que não têm qualquer compromisso com o estado, com o país. Fazia suas as palavras que, sabia, e como sabia, eu poderia dizer, roubava minhas palavras antes mesmo que eu as pronunciasse, um habeas corpus preventivo. E ainda brincou, me chamou — rindo — de garoto, ainda comentou que deveria ser mais velha do que eu. Foi minha vez de rir, de rebater, de entrar no seu jogo, revelei meu ano de nascimento, se necessário aumentaria minha idade, eu estava de quatro, de quatro elevado à enésima potência, seduzido, comprado, entregue. Eu sou mais velho, homens sempre são mais velhos — e disse isso logo depois de pousar a faca no pratinho e de mordiscar outro pedacinho de pão com patê. Mastiguei olhando para você, mastiguei você, adorei aquele seu gosto.

Aqui do alto, quilômetros acima do solo, imagino que você e seus assessorados estejam um tanto quanto lívidos, assustados com as multidões que tomam as ruas, berram contra isso e aquilo, a favor disso e daquilo. Merda de internet que não me deixa ficar isolado, saudades dos tempos em que para se ter notícias do Brasil era preciso ir à loja da Varig na Champs-Elysées em busca de jornais impressos três ou quatro dias antes. Saudade do tempo em que era possível ficar sem notícias, ignorar o que acontecia no mundo. Não seria, como nos últimos dias, obrigado a me deparar com as multidões que se espalham pelas cidades, que improvisam cartazes, pedidos, reivindicações, protestos, que gritam contra tudo, contra qualquer coisa. Bastava ligar o computador para ter informações arremessadas contra a minha cara, não havia como detê-las, impedi-las. E foi assim que fui apresentado a essas tantas e tantas pessoas que serpenteiam pelas ruas, que gritam, que exibem cartolinas; aos brancos mascarados vestidos com roupas pretas que tacam pedras, quebram placas de rua, colocam fogo em carros e em caixas eletrônicos, que apanham de policiais, que batem em PMs, estes, alvos de pedras e de coquetéis molotov. Os esperançosos e revoltados que espernéiem, que berrem, que profetizem a não realização da Copa, que façam todo o alarde possível. Pelo visto, ainda têm expectativas de mudanças, não os invejo, azar o deles. Depois de trabalhar tanto tempo com você, aprendi que o cínico é apenas um sensato e o otimista — li isso em algum lugar — não passa de um desinformado. Daqui a pouco tudo se ajeita, tudo se acomoda, haverá algum arranjo capaz de isolar a minoria mais radical e de enquadrar a maioria bem-intencionada, cheia de fé, que acha ter a história nas mãos. Será feito com eles o que você mais ou menos fez comigo. Mas, até lá, não deixa de ser divertido acompanhar os acontecimentos, a turba nas avenidas, o espanto das autoridades. Já ri muito ao imaginar o desespero de seus assessorados, gente que, a esta hora, faz e refaz cálculos, desenha e analisa cenários, reavalia projetos futuros. Investir, não investir, abrir outra fábrica, ser ou não ser candidato, se mandar de vez deste país de merda, recheado de famintos que se sentem donos de tudo, que se acham no direito de fazer o que bem entendem. O que querem mais? Já não têm bolsa família, bolsa esmola, bolsa bosta? O que faço, Eloísa Blaumsfield? No desespero, é capaz até de eles falarem seu nome completo, como mães que, na hora do esporro, fazem questão de pronunciar os nomes compostos que tiveram a infelicidade de dar aos filhos. Carlos Eduardo, já pra casa! Márcia Cristina, já falei que é pra largar esse computador e ir dormir! Isso é hora de chegar em casa, Eriberto Carlos? Sim, Eloísa Blaumsfield, todos devem estar certos da necessidade de pronunciar seu nome e seu sobrenome, maneira mais ou menos sutil de cobrar alguma providência, uma saída, você é muito bem paga para isso. Caralho, nos tire disso. O que devemos falar, comunicar, como temos que nos posicionar? Daqui de longe, vendo essa gente protestando, tenho a sensação de que o país inteiro se reuniu no Maracanã, no velho Maracanã, não nesse ginásio de NBA em que transformaram meu estádio. É como se todas as torcidas estivessem na arquibancada torcendo para jogadores de todos os times. Isso, jogadores de todos os times do Brasil — Duzentos? Trezentos? Quatrocentos? — estão em campo, disputando e chutando diversas bolas nas mais variadas direções — o gol, como diria aquele velho técnico, passou mesmo a ser um detalhe. Chutam as bolas para a linha de fundo, para as laterais, para o alto, até mesmo para o gol, chutam para lugar nenhum. Juízes roubam descaradamente, mas também apanham, são xingados, espinafrados, há vários sangrando por conta de porradas que, enfim, neles puderam ser desferidas. Bandeirinhas gostosas são carregadas para o fosso que separa o campo da geral. Lá são lambidas, comidas, estupradas. O campo foi invadido, ocupado, torcedores também chutam as bolas, confraternizam com jogadores, os agridem, volta e meia morre alguém. Os bares dos estádios são invadidos e saqueados, mija-se por todo canto, caga-se na tribuna de honra. Em algum centro de controle que exibe imagens de altíssima definição captadas por milhares de câmeras, seus políticos e empresários estarão perplexos, pasmos, sem saber o que fazer para conter aquela fúria. Cobrarão providências, atitudes. Emitir uma nota oficial? Convocar uma entrevista coletiva? Ligar para o prefeito, para o governador, para o Planalto? Porra, foi para isso que investimos tanto nas campanhas de vocês, que fizemos alianças? Cadê a nossa segurança, onde estão os nossos direitos? O que devemos fazer, Eloísa Blaumsfield? Hein, Eloísa Blaumsfield? Algum gaiato sugerirá a solução hollywoodiana de fugir para o Rio — mas vocês já estão no Rio, cercados de gente e de raiva e de medo por todos os lados. Não consigo deixar de lembrar de uma música do Chico, gravada pela Elba, aquela em que a mulher conta para o marido rico que tivera um sonho terrível, que a multidão se revoltava contra ele, que o matava, o esfolava. Descemo a ripa, viramo as tripa, comemo os ovo. Mas você saberá manter a calma, a linha, a pose. Diante do desespero, dos planos de fuga, das atualizações de saldos bancários na Suíça e naquelas ilhotas de nomes esquisitos, você exigirá tranquilidade, saberá fazer valer cada ruga acumulada no rosto e imobilizada por sucessivas e mensais injeções de botox. Vai impor a leveza de seus escarpins de sola vermelha, a barriga negativa, os cabelos que, flapt, flupt, enfatizam e emolduram cada leve balançar de cabeça. Sua voz sairá firme, implacável, sem qualquer tremor — você deve injetar botox até na voz, voz que nunca treme, rígida e, ao mesmo tempo, doce e imperativa. É você que levará tranquilidade para aqueles safados, que dirá calma, que exigirá uma postura mais serena de todos eles. De sua boca sairão os mais escrotos palavrões, todos amenizados pela beleza dos lábios decorados por alguma nova cor de batom Sephora. Daqui de longe dá para ouvir o esporro que você vai dar naqueles cagões/ladrões endinheirados. Calma, porra, esses fodidos daqui a pouco cansam, voltam para suas casas. A maioria, para os porcelanatos que brilham no chão da casa dos pais; outros, para tocas lá na casa do caralho, vão ter que cuidar da vida, daquela vidinha de merda que eles têm. Em breve, os caras que formatam e tentam, com teses improvisadas e pomposas, dar sentido a esta bagunça estarão nos governos, serão cooptados, sabem que o radicalismo que justificam hoje os credenciará para atuar, logo ali à frente, como interlocutores dessa massa informe, multiforme. Esperem, esperem, não façam besteira, tratem de maneirar nas festas, nos vinhos, nos restaurantes, nada de posar para *Caras*. Digam que estão solidários, se mostrem compreensivos, compungidos, prometam alguma merda que não será cumprida. Finjam que trabalham, vocês sabem fazer isso. O que não pode é imitar o idiota que pegou avião da FAB para levar a família a um jogo de futebol. Contenham-se, contenham-se, é só por pouco tempo, isso vai passar. Sempre passa. Tranquila, embalada na sua onda química alvinegra, você, Eloísa, repetirá o que, uma vez, ouviu num cassino de Las Vegas, a Casa sempre vence. Você nunca duvidou desta verdade, a Casa sempre vence, onde já se viu cassino ter prejuízo?, o girar das roletas obedece a algum tipo de controle. Aqui e ali é preciso uma reforma, alterações e retoques na fachada. Haverá mudanças de inquilinos, de estilos, serão feitas concessões aos empregados, aos fornecedores, mas a Casa vencerá. Casa que tem um dono sem rosto, sem nome, um dono formado pela combinação e articulação de vários donos, uma sociedade anônima. Um dono presente, arrogante, presunçoso, onisciente. Sabe que, passado o temporal, encerrados os raios e os trovões, ele vencerá, vencerá pelo cansaço, vencerá pela tendência natural de acomodação, se beneficiará do desvario dos que, violentos, assustam aqueles que dizem defender. Sístoles e diástoles, como dizia o velho general com fumos de sabichão, de intelectual. Deixem que esses putos berrem, se esgoelem. Deixem que quebrem, joguem pedras, queimem, que pensem que venceram, que mudaram, que trocaram. Deixem que subam a rampa, que discursem. Todos terão que vir à Casa, serão obrigados a limpar os pés, aprenderão a usar talheres, a escolher vinhos. Se orgulharão do uso dos diferentes garfos e facas, nos agradecerão a gentileza de recebê--los, adorarão os vinhos vagabundos de rótulo francês, rebotalho do rebotalho, que beberão estalando a língua no palato. Sei que será assim porque foi assim comigo. Eu fingi acreditar que seria um instrumento de mudança, de redenção. Menti para mim mesmo — como aceitar seu convite sem ter uma desculpa que justificasse meu gesto? —, espalhei infinitas razões para aceitar sua proposta. Abracei seus argumentos, seus elogios, suas cantadas. Você falava em nova maneira de fazer política, diagnosticava a falência dos antigos métodos e propósitos, enfatizava que era preciso mudar, estabelecer novos pactos entre representados e representantes, que seus clientes estavam certos da necessidade de renovação, que queriam mudar não apenas nas aparências. Depois de décadas de exercício de poder, estavam conscientes de que era possível estabelecer uma relação propositiva com a sociedade, se arrependiam do jeito truculento com que haviam atuado. Você falava em permeabilidade, em troca, dizia que a internet e as redes sociais haviam criado um novo paradigma, que não era mais possível manter o velho processo, que as antigas e carcomidas estruturas estavam sendo destruídas por relações horizontalizadas de prática democrática. E o babaca aqui lambia suas palavras, chupava seus argumentos, gozava com as suas conclusões. Eu aprendi com você, me lambuzei de você, eu virei você. Acabei retirado do meu trabalho, da minha rua, fui esvaziado, desidratado. Você fez comigo o que, em breve, vocês farão com esses milhões que se abraçam nas ruas.

Talvez seja isso que tanto nos separa do que ocorreu por aqui, sob este avião, no ensanguentado chão da Europa. Por aqui houve, de vez em quando ainda há, incontáveis disputas, mas os caras olhavam principalmente para os quintais alheios, para as terras de outros que iriam conquistar. É possível que isso aplacasse a ira contra seus próprios povos, fornecedores de soldados para as batalhas em territórios distantes. É mais fácil justificar a barbárie praticada contra quem está longe, rostos ignorados, nomes esquisitos. No Museu Britânico, cartazes feitos para idiotas como eu estabelecem uma sequência para o poder romano. Fundação como império, transformação em república, o freio de arrumação de Júlio César, a derrota que Otaviano impôs a Marco Antônio e Cleópatra, o Império Bizantino, o domínio sobre a Europa. De Roma para o mundo, urbi et orbi, como aquelas bênçãos papais que tanto legitimaram invasões e chacinas. Eles declaravam guerra ao outro, forjavam o inimigo naquele que era desconhecido. Somos fruto de uma dessas ocupações místico-militares, a Descoberta. Descoberta. Como se estivéssemos todos aqui, quietinhos, tocando pandeiro, tomando caipirinha e jogando capoeira quando uma frota portuguesa perdeu o rumo e levantou o véu que nos cobria — e, assim, Cabral descobriu o Brasil. Descobertos, desprotegidos, acabamos expostos ao vento, ao frio, ao calor, à chuva, entregues ao invasor. É como, há séculos, seus clientes nos veem. Por que atacar outros povos se têm diante de si um território tão vasto, povoado por tantos corpos quase indefesos? Inimigo, a gente faz em casa, sai mais barato, envolve menos investimentos e recursos. A tarefa da conquista torna-se mais simples, falamos todos a mesma língua, temos hábitos parecidos, gostos em comum. Eles, lapidados por você, podem dizer que são como nós, gente como a gente, que defendem as famílias, que colocam as pessoas em primeiro lugar. É preciso admitir que vocês todos são bons, muito bons. E eu sou um canalha que insistia em forjar uma separação, em me colocar em um campo diferente daquele em que vocês jogam. Como se não tivesse integrado a mesma equipe — o mesmo time, como vocês agora preferem dizer. Comecei na defesa, goleiro e zagueiro; aos poucos, como lateral, passei a me arriscar no ataque. Em pouco tempo, me tornei dono da 8, a municiar você, a 10, a de melhor visão de jogo, capaz de armar e concluir as mais importantes e terríveis jogadas. De vez em quando, eu recebia a 9, invadia a área alheia, distribuía cotoveladas na zaga, subia mais que o goleiro, colocava a mão na bola, e fazia os gols. Gols para você, como se corresse e gritasse "É pra você, Eloísa!", indicadores, médios, anelares e mínimos das duas mãos dobrados e unidos, apontados para os polegares que, grudados, formavam o vértice daquele coração fofo e cruel. Fiz muitos gols, corri em direção aos camarotes em que seus clientes, nossos clientes, vibravam. Como burgueses de histórias em quadrinhos, vestiam fraques, cartolas, exibiam barrigas e bigodes, abriam champanhes. É para vocês, exploradores, ladrões, corruptos, canalhas, assassinos — e, com o indicador, desenhava no ar o símbolo de nossa cordialidade. Ao ver as imagens das ruas, imaginava multidões com os dedos médios em riste, como se apontados para o rabo de todos nós, para o rabo de vocês. Estou longe, bem longe, no alto, a 9 mil metros de altura, aqui ninguém me pega, me desce a ripa, me vira as tripa, me come os ovo, o que não me impede de me sentir ripado, virado e comido. Me ripo, me viro e me como. Penso nisso nas poucas vezes em que converso por aqui. Gente que estranha o piscar contínuo e compulsivo dos meus olhos. Eu tinha lá minhas manias, alguns sintomas de TOC, mas nada como esse incontrolável pisca-pisca, pálpebras movidas pela tensão, pelo desespero de saber que os olhos-câmeras são incapazes de captar, registrar e controlar todos os movimentos alheios. Fiquei assim, como o obturador de uma câmera descontrolada, que filma tudo o que pode, sempre atenta, sempre ligada.

Nem sua admirável memória seletiva vai esquecer daquele caso de Minas, o da filha do candidato de oposição. Mesmo assim, faço questão de recontá-lo, adoraria ver seu rosto agora. Uma garota de uns 15, 16 anos. Menina que foi numa festa, deu para algum garoto, e apareceu grávida. E foi levada para abortar na clínica chique que pertencia ao seu — OK, nosso — candidato. Sua chegada, como a de todas as clientes, foi devidamente registrada pelas câmeras de segurança. O filho da puta não perdoou, nós não perdoamos. Feitas as contas, ele concluiu que valia a pena assumir o risco de fechar aquele açougue de luxo em troca da destruição do opositor. Se necessário, mandaria o médico para longe, despacharia enfermeiras e recepcionistas, o prejuízo era pouco se comparado com o xeque-mate que aplicaria no inimigo. Bastava divulgar o vídeo, a imagem do chefe de gabinete do adversário levando uma mulher jovem para o aborto. Tivemos o cuidado de, na edição, esconder o rosto da menina, não revelamos que ela era a filha do sujeito, um cara então desconhecido no Rio. Obviamente, não fizemos isso para protegê-la, mas para que pudéssemos insinuar que nosso adversário engravidara uma adolescente e mandara seu assessor levá-la para abortar no Rio, a centenas de quilômetros de sua cidade. Ele jamais poderia nos desmentir, negar nossa versão significaria expor a filha adolescente. Foi simples vazar o vídeo, postá-lo de um computador em Vitória e fazer chegar ao nosso adversário que as imagens estavam na rede; o suficiente para que o cara retirasse sua candidatura, não fizesse qualquer alarde. Lembro que você frisou que era um serviço sujo, mas limpo, conseguimos convencer o nosso cliente de que não era necessário fazer o escândalo que ele pretendia armar. Você, alma caridosa e justa, provou que era possível obter o mesmo resultado com menos barulho, uma operação pontual, restrita, focada, que impediu até mesmo respingos na nossa — você falou nossa, lembro — candidatura. Por que maltratar a menina, alguém poderia reconhecê-la pelas roupas, seria uma crueldade. Você ainda lembrou que ele, naquele momento nosso chefe, também tinha uma filha adolescente, não seria bom abrir a guarda. Sua proposta de ataque cirúrgico foi vencedora, só mesmo o nosso alvo ficou sabendo do vídeo, que retiramos do ar assim que ele anunciou a renúncia. Não houve qualquer dano para a imagem da menina, nem mesmo um arranhão na biografia do candidato, e a clínica de aborto sequer precisou ser fechada — mantivemos todos aqueles empregos qualificados. Lembro que, naquela noite, fingíamos nos sentir como dois santos, seres iluminados que haviam impedido a desgraça de uma jovem. Não fomos honestos o suficiente para admitir nossa cumplicidade na canalhice.

O pub fica ali perto de Piccadilly Circus, em West End, nas redondezas de todos aqueles teatros que exibem musicais. Entrei porque estava com vontade de beber uma Guinness, e porque tinha achado o lugar simpático. Naquele domingo, uma banda tocava jazz, o bar estava lotado, eu era o único que não tinha com quem conversar. Há os que, solitários, bebem mais, bebem pelo prazer de beber sem ter quem os mande parar, bebem porque não há mais nada que fazer. Eu tenho bebido muito menos, devo ter emagrecido, até. Bebo porque gosto, de beber e de compartilhar este prazer. Beber sem ter companhia é como fazer sexo sozinho, é melhor que nada, tem lá o seu valor, mas não é tão bom. Eu ficava constrangido de me revelar solitário diante de tanta gente acompanhada, era como nas festas em que, adolescente, me escondia pelos cantos, tentando disfarçar que não pegava ninguém. Para piorar, era difícil conseguir uma conexão aparentemente segura em Londres, o celular captava diversas arapucas que prometiam prazeres infinitos em troca de algumas libras. Eu reagia como quem recusa um cartão de puteiro numa cidade desconhecida. No pub, fiquei irritado com toda aquela alegria, com a desenvoltura dos músicos, com os meneios de corpo dos que os ouviam. A felicidade alheia é sempre ofensiva para quem está na merda, sem ter com quem conversar. Por mais que possa parecer absurdo, renovo meu ódio por você cada vez que passo por uma situação como essa. Não, não ria, não estou sendo irônico. Foi graças a você que vim parar aqui, que posso estar aqui. Se não fosse você, eu estaria aí, fazendo minhas matérias, enchendo seus clientes de porrada, ajudando você a manter o faturamento de sua empresa. Minhas matérias eram boas para você, justificavam a grana que sua empresa arrancava daqueles filhos da puta. Você errou ao me convidar para trabalhar aí, ao me isolar. Teria sido melhor se eu continuasse a fazer o que fazia, dando motivos para você aumentar mais e mais o valor de seus serviços. Todos nos fodemos, e a festiva trilha sonora daquele pub só ressaltava esta dupla derrota. Bebi duas Guinness e fui embora.

No dia seguinte, voltei lá, estava com fome, a comida é menos cara em pubs, você me ensinou uma vez. Não que eu precise economizar, mas é irritante colaborar, de maneira voluntária, para o enriquecimento de um império que tanto nos sacaneou. Esses putos passaram séculos invadindo terras alheias e, agora, cobram um dinheirão dos babacas como eu que vêm até aqui admirar os símbolos do poder e os despojos das guerras que seus povos perderam para a majestade da vez. Às vezes acho que merecemos a pilhagem, que a Síndrome de Estocolmo, aquela que define a simpatia do torturado pelo torturador, deveria se chamar Síndrome de Londres, ou de Madri, ou de Roma, ou de Paris, ou de

Lisboa. Mais modernamente, de Washington ou de Nova York. Gostamos muito de nossos invasores, os visitamos, os homenageamos, nos envaidecemos quando eles elogiam nossas mulheres. Havia poucas mesas ocupadas no pub. Pedi minha Guinness ao funcionário, um oriental gordo, lá pelos 35 anos. Usava óculos de armação pesada, tinha os braços tatuados. Careca, ostentava um rabo de cavalo pintado em dois tons de verde. Os lóbulos de suas orelhas exibiam dois buracos emoldurados por duas argolas, um outro piercing atravessava seu nariz. E eu lá, pedindo alguma torta pro cara e pensando se algum bar ou restaurante do Rio daria emprego a uma figura como aquela. Sim, admito que também nisso, na tolerância, no menor grau de preconceito, eles são melhores do que a gente — e você sabe, deve lembrar, como me custa admitir isso. Mais irritante era ver o cuidado com que o filho de Ozzy Osbourne com Baby Consuelo tirava a cerveja da torneira dourada. Guinness, aprendi aqui, tem que ser tirada lentamente, é importante deixar que apenas um fio do líquido escorra para dentro do copo. Não há pressa, sofreguidão, ninguém grita "Salta aí dez Guinness, meu querido!". Tudo tem seu tempo, sua técnica, sua lógica. Tirar uma Guinness faz parte deste processo. O poder se constrói e se consolida em pequenos e decisivos gestos, foi assim que esses caras dominaram o mundo, e se fazem admirar até hoje. Sim, invadiram, roubaram, mas não agiram com a sofreguidão dos meninos que furtam turistas na orla carioca, que puxam cordões e máquinas fotográficas e fogem por entre os carros. Tudo foi feito de maneira lenta, planejada, não havia por que fingir que não ocupavam. Sim, desembarcavam e se espalhavam em nome da civilização, de um deus, de um rei ou uma rainha. Faziam isso porque eram melhores, donos de tecnologia mais avançada, como se dissessem que ainda lhes agradeceríamos isso, como a estuprada que rendesse graças àquele que a despertara para os prazeres do sexo. Depois do golpe, todos nos recuperaríamos e lhes seríamos gratos. Mesmo as matanças teriam lógica, roteiro predeterminado, certa elegância. O mesmo refinamento utilizado pelo gorducho multicolorido ao encher meu copo de cerveja. Logo depois chegou a comida, uma torta recheada de frango. E foi na segunda garfada que acabei atropelado e derrubado por quatro garotos britânicos. Quatro filhos da puta que invadiram o sistema de som do pub cantando If I give my heart to you/ I must be sure from the very start/ That you would love me more than her. Assim, tapa na cara, chute no saco. Ouvir Beatles sozinho, num pub londrino, diante de um copão de Guinness, comendo um empadão com sotaque britânico, é clichê demais, escroto demais, triste demais. E eles continuaram, If I trust in you/ Oh, please/ Don't run and hide. Aí, Eloísa, eu chorei. Você é capaz de acreditar nisso? Que eu chorei ouvindo Beatles num pub londrino, que chorei pensando em você, em nós dois? Pensando no que não restara de nós dois? Isto, por conta de uma baladinha boba, o menino que pedia certezas à menina, que queria saber se poderia dar seu coração para ela, que queria saber se poderia confiar nela, que pedia para ela não correr e fugir. Será que chegamos a nos amar, Eloísa? Eu sabia que não poderíamos mais confiar um no outro. Nós tínhamos acabado, e aqueles quatro garotos pareciam sacramentar o fim. Eu corri, eu fugi, eu corro e fujo há meses, e ali, naquele pub, acabei alcançado por você e por aqueles sacanas.

Ao cabo do segundo copo de Guinness, decidi andar, não tinha o que fazer, as tardes têm sido longas nessa viagem, nunca pensei que pudesse ter tanto tempo disponível assim. E saí, entrei numa rua, cruzei outra, notei que chegara numa área mais sofisticada de Londres, havia imponência na largura da avenida, nos prédios, nas portarias de hotéis guarnecidas por sujeitos em uniformes que devem ter sido inspirados no exército russo pré-revolucionário. Olhei para uma placa, vi que estava na Pall Mall — quando era pequeno, era uma marca de cigarros, Pall Mall. A propaganda procurava associar aqueles cilindros cancerígenos à sofisticação britânica; no fundo, uma forma de se matar com classe, fazia todo o sentido. Ali mesmo vi outro símbolo de globalização, o interior de uma das tradicionais cabines telefônicas londrinas estava revestido de dezenas de anúncios ilustrados que ofereciam favores sexuais. Sim, como aqui no Rio, como os orelhões que ficam perto do nosso, digo, seu escritório. Talvez a técnica de propaganda, de criação desta mídia, tenha sido importada do Brasil, quem sabe? Outra conquista verde e amarela. Teríamos assim conseguido profanar um dos símbolos de Londres, não deixaria de ser uma vingança. Caminhei mais, desci uma escadaria e me deparei com uma avenida larga, revestida com asfalto cor-de-rosa. Sim, estava no The Mall, o caminho grandioso — os franceses diriam boulevard — que leva ao Palácio de Buckingham, um dos ícones do poder imperial. Lembrei da primeira vez que estive lá, há uns quinze anos. Insisti com a companheira da vez para ver a troca da guarda no palácio. Ela, petista ensandecida, crítica do imperialismo e de seus rituais, não queria ir de jeito nenhum. Mas acabamos acompanhando o desfile do que então chamei de Unidos da Rainha. Lá pelas tantas vi, entre os turistas que se espremiam contra a grade, o Rogério, meu ex-professor de semiologia na faculdade. As aulas do cara eram complicadíssimas, não dava para entender nada, aquela história de significados, significantes, Saussure, Umberto Eco, o Hjelmslev a quatro. E eu descobria o sujeito ali, animadíssimo, com uma criança encarapitada no ombro, vendo as evoluções da guarda de Sua Majestade. Cheguei a pensar em falar com ele, mas — você não vai acreditar nisso, eu sei — fiquei com pena. Achei que todo o castelo intelectual do cara viria abaixo se descoberto no meio de todos aqueles idiotas deslumbrados com a face macumba para turista daquele que foi o maior de todos os impérios ocidentais. Até hoje me arrependo da minha compaixão, aquele filho da puta já me fez me sentir muito mais burro do que sou.

Desta vez, não fui até as grades, encarei de longe a casa dos monarcas britânicos e o memorial que fica bem na sua frente. Cercada de ironia (as estátuas que representam a Caridade e os anjos da Justiça e da Verdade), a rainha Vitória, sentada em seu trono de mármore, parecia rir de mim e de minhas elucubrações terceiro-mundistas. Lembrei do nosso ex-presidente que, hospedado em Buckingham, comentara com a mulher que acabara de fazer cocô no palácio da rainha, não deixava de ser uma retaliação — a merda nos persegue até nas metáforas. Confesso que fiz uma selfie com a estátua da rainha Vitória.

Mas estátuas mais divertidas estão nos arredores de Budapeste. Com o fim do comunismo, muitas das representações do poder soviético foram destruídas, mas sobraram algumas dezenas delas. O que fazer com aquele lixo estético-ideológico que representava o invasor? Você mandaria jogar tudo no lixo — imagina, aquela velharia de mau gosto, que exaltava o comunismo, os pobres, o proletariado, a revolução, tudo o que você mais detesta. Mas os caras foram mais criativos. Reuniram aqueles monstrengos, os despacharam para a periferia da cidade e criaram o Memento Park, um Jurassic Park do socialismo, o nome remete, veja só, a preces que tratam da lembrança dos vivos e dos mortos. Entre os mortos-vivos de lá estão Marx, Lenin, Engels e, personagem principal, o povo. Este, representado por homens e mulheres altivos, olhares fixos no horizonte, para o futuro da libertação proletária. Dá para imaginá-los cantando a "Internacional", o apelo aos famélicos da Terra. Antes vetustos, temidos e compenetrados, os personagens mumificados em bronze ficaram apenas ridículos, testemunhos de uma religião acabada. São como sombras de tempos em que havia certeza do destino comum, da redenção dos povos, da pátria sem amos. Estive lá um dia depois de visitar a Casa do Terror, museu que relembra as presenças do fascismo e do socialismo na Hungria. Fica na principal avenida de Budapeste, no prédio que foi sede dos serviços de informação dos regimes ditatoriais que por lá se sucederam. Os comunistas não atentaram para a ironia de abrigar seus espiões e torturadores na mesma edificação usada pelos partidários da fascista Cruz Flechada. Expulsos os soviéticos, os húngaros não perderam a chance de reforçar a união simbólica entre as duas ditaduras num museu, um lugar lúgubre, assustador. Mas o parque é divertido. Deixar aquelas estátuas nas ruas pareceria ofensa, provocação às vítimas da ocupação soviética; derretê-las representaria uma tentativa inútil de fazer esquecer a história e abrir brechas para que ela, de alguma forma, se repetisse. Então, colocaram aquela tralha toda nos arredores da capital, a cerca de uma hora de ônibus. O lugar é meio esquisito, à beira de uma estradinha, área de casas mais ou menos isoladas. E lá está o parque. Do lado direito, ainda na área externa, sobre um pedestal, cópia das botas de uma gigantesca estátua de Stálin destruída na revolução de 1956. Ao lado do portão, somos observados por Marx, Engels e Lenin — como se nos perguntassem se vamos mesmo entrar, se queremos mesmo abandonar qualquer eventual esperança no socialismo. Nós, que tanto nos orgulhamos de nosso bom humor, deveríamos aprender com os húngaros. Fora de seu contexto, de seu período histórico, aquelas outrora graves esculturas são apenas patéticas, testemunham o quanto podemos ser ridículos e cruéis, como somos capazes de nos enganar com projetos de salvação coletiva. Você, pelo menos, jamais cairia nessa balela de igualdade e justiça social. De alguma forma, as estátuas lembram imagens de santos espalhados pelas igrejas daqui; uns depositam sua fé nos homens, outros, em deuses. Sabe, Eloísa, ali, cercado por todos aqueles bronzes, fui até complacente com você e seus clientes, meus ex-assessorados. No fundo, são todos mais sinceros que os modelos eternizados nas estátuas, nenhum de vocês quer a redenção do povo, a libertação antes ou depois da morte, ninguém aí finge acreditar na revolução ou na vida eterna. Vocês não sonham com monumentos, homenagens póstumas, preces, com discursos que os tentem eternizar na memória coletiva. Querem apenas ganhar uma boa grana, garantir o que julgam ser de vocês. São até menos cruéis. A roubalheira que promovem causa fome, analfabetismo, mortes, violência, consequências localizadas que se tornam pequenas quando comparadas aos genocídios que se revezaram aqui na Europa, oito ou nove quilômetros abaixo dos meus pés. Por incrível que pareça, seus clientes são mais honestos — não diga isso a eles, eles podem se ofender, achar que estou sendo irônico. Mas, neste ponto, eles são mais honestos mesmo, até você é mais honesta do que os milhares ou mesmo milhões de pessoas que, na Hungria, se fingiam de fascistas ou de comunistas para garantir empregos, promoções, uma casinha melhor, comida e roupas fora da cota oficial. Vocês deixam claros seus objetivos, não são como mocinhas que encenam paixões. Vocês não escondem seus propósitos. Sim, como você poderia prever, este quarentão ex-quase-trotskista fez uma selfie com Lenin.

Por falar em paixão. Lá no Memento eu me lembrei do Gouvêia, nosso — seu, agora — assessorado, o primeiro cliente assumidamente de esquerda da empresa. Ele ia adorar conhecer o parque, ser fotografado ao lado das estátuas. Talvez até gravasse trechos para sua futura campanha ao Senado. Usaria o cenário para falar do pai, operário que militou no Partido Comunista — no Partido, como eles gostam de falar — dos anos 50 até a década de 70, sempre na clandestinidade. O Gouvêia adorava contar a história do pai, a usava como atestado ideológico, algo que reforçava sua atuação como deputado. Bom parlamentar, meio sectário, mas atuante, enchia o saco do governo federal, transitava bem entre os partidos de esquerda. Ele nos procurou, lembra?, quando decidiu se candidatar a prefeito naquela cidade da região serrana, achava que precisava polir a imagem, mostrar-se menos radical, avançar um pouco na direção do centro sem abrir mão da âncora enterrada na esquerda — se não me engano, era assim que ele falava. Eu fiquei aliviado quando ele chegou na agência, insisti com você para ser responsável pela conta, não aguentava mais os trogloditas que formavam a nossa carteira, sujeitos que faziam da constante visita às algibeiras do país a razão de ser de suas carreiras políticas. O Gouvêia, não. Era um deputado ideológico, culto, bem-humorado, que trocara a vida acadêmica pela militância organizada. Era o único de nossos clientes que não escolhia sempre o vinho mais caro da carta, que não se afogava em uísque 20 anos. Frequentava festas em Santa Teresa, saía em blocos no carnaval, e até entendia um pouco de rock. Trocar aqueles quase milicianos por ele representou, na época, um puta upgrade na minha vida; achei, enfim, que trabalhava não apenas pela grana, descobri que poderia haver um sentido naquela minha atividade. A campanha foi interessante, tomamos muita porrada, o poder local não admitia que vencesse, temia a quebra de todos os esquemas de grana, os contratos, as sacanagens. Nem dá para dizer que seus adversários representavam a direita, quem dera que houvesse direita por lá, mesmo com minha repulsa aos liberais, acho uma sacanagem associá-los à gangue que mandava na cidade. Naqueles meses, lembrei dos meus tempos de faculdade, quando subia morro fazendo campanha, passava horas panfletando nas ruas, sacaneava os picaretas que contratavam cabos eleitorais — militância de aluguel, gritava. Graças a você, à minha rica namorada, quase ninguém sabia, mas já podíamos nos considerar namorados, eu podia ganhar um bom dinheiro e contribuir para o país, para a eleição de um prefeito jovem para os padrões da política, um cara engajado, de esquerda, comprometido com os mais pobres. Minha militância era de aluguel, mas também ideológica. Virei noites, trabalhei muito mais do que deveria, passei por alguns sufocos, ameaças. Mas o Gouvêia foi eleito. Enchemos os cornos na Serra, comemoramos muito — hoje posso contar que a festa foi animadíssima, bebemos e fumamos muito. Fui dormir, lá pelas 7h, ainda mais agradecido a você, que tinha contratado a Amanda, a estagiária linda, inteligente, espetacular, que entrava de cabeça em tudo o que fazia. Como entrou de cabeça naquela madrugada em que também mergulhei. Caí dentro daquela menina, vinte anos mais nova do que eu, nunca comemorei tanto uma vitória eleitoral. É cam-pe-ão! É cam-pe-ão! Foi assim que passei a viver duas histórias clandestinas ao mesmo tempo.

Gostei tanto da campanha que continuei a assessorar o Gouvêia. Acompanhei o processo de nomeação dos secretários, as putarias iniciais, as tais concessões necessárias para a formação de maioria na Câmara. No início, ao longo dos primeiros meses, ele fazia um ar compungido ao admitir que, em troca da governança (ele usava essa palavra), era obrigado a quebrar padrões éticos que prometera resguardar. Uma nomeaçãozinha aqui, outra ali, um contratinho sem licitação para a empresa ligada ao líder do partido A, outro para aquele vereador, radialista que atormentava o governo. Até aí, tudo bem, eu já conhecia a regra do jogo, a história dos anéis e dos dedos. Mas a brincadeira começou a ficar mais pesada. Por conta de acordos que envolviam grana para a campanha — o babaca aqui não sabia de nada —, a prefeitura trocou a empresa que cuidava do lixo. Depois de Watergate, a frase "Siga o dinheiro" virou chavão para indicar os caminhos de quem quer apurar sacanagens na administração pública. Adaptei a frase para nossa realidade, mais pobre e fedorenta. Em nossas prefeituras, para descobrir os descaminhos do dinheiro do povo basta seguir os caminhões de lixo. No caso do nosso querido prefeito, aquele conjunto de sobras virava ouro que revestia sua provável eleição para o Senado. Reciclado, o lixo se transformava em dólar, um milagre da alquimia política brasileira, algo não previsto por Marx e seus discípulos. O companheiro prefeito adaptara-se muito bem à tradição do cargo. Acho que vou mandar umas fotos de estátuas do Lenin para o Gouvêia — é capaz de ele não entender a ironia, vai acabar me enviando um e-mail emocionado, agradecendo a lembrança. Para completar, o filho da puta ainda insistiu muito para que a Amanda fosse incorporada à sua assessoria, ela passou a ficar a semana inteira por lá. Como na antiga brincadeira, foi, descobri depois, dar na serra.

O mais difícil nesta viagem é não ter amigos para conversar. Apesar de tudo, me acostumei com seus ouvidos — você, uma vez, chegou a dizer que eram os buracos do seu corpo de que eu mais gostava, uma injustiça. Outra vez, também na administração Lúcia, viajei sozinho para Paris. Ela tinha resolvido fazer um curso de meditação transcendental em Mauá, Sana, sei lá, um maconhódromo desses. Eu tenho medo dessas coisas místicas, você sabe. Viagens, para mim, só as físicas. Enquanto ela ia em busca da verdade, juntei todos os meus poucos cobres e me mandei para Paris, e quase me sufoquei de tanto não falar. Naquela época não havia internet, Facebook. Esse negócio de passar a tarde solitário, lendo, fumando e bebendo num café parisiense deve ser bem legal para quem, depois, ia comer a Jean Seberg ou a Catherine Deneuve ou a Brigitte Bardot. Não para um brasileiro solitário, sem grana, que todas as noites se refugiava numa pizzaria para beber vinho vagabundo e trocar meia dúzia de palavras em francês com o garçom. Uma merda, acabei antecipando a volta. Agora, ao menos, tenho o Facebook. Deixei de postar no meu perfil verdadeiro, como você já deve ter apurado, inventei que fui chamado para trabalhar com pesquisas de opinião em Cuiabá, uma mentira que tem algumas vantagens. Ninguém irá me visitar em Cuiabá, o que evitará que minha história seja desmascarada. Nenhum dos meus amigos também ousará pedir detalhes do que faço, sabem que o assunto envolve sigilo profissional. De vez em quando, pirateio algumas fotos de Mato Grosso — a beleza de um pôr do sol, uma pescaria — e digo que são minhas. Isso funciona muito bem nesses tempos de amizades virtuais. Criei também um perfil falso, nome brasileiro comum, sobrenome estrangeirado. Nós adoramos sobrenomes estrangeiros, transmitem certa nobreza, origem diferenciada, controlada. É um jeito que temos de revelar, de maneira torta — detestamos verdades diretas —, a vergonha que temos de nossa origem, descendentes que somos de escravos e/ou de donos de escravos. Ter sobrenome alemão, francês ou italiano demonstraria alguma nobreza, uma não contaminação com a senzala que nos une. Não importa que os tais alemães, franceses ou italianos tenham passado fome na Europa e emigrado por falta de alternativas de sobrevivência. No nosso imaginário colonizado, eles são mais chiques, mais brancos, são mais. Aqui, sob meus pés, os caras dão valor aos sobrenomes que atestam a nacionalidade, a ancestralidade, a origem tribal. Nós, pelo contrário, nos constrangemos com nosso passado. Na falta de sobrenomes complicados, tratamos de encher prenomes de ipsilones e dáblius, queremos ser estrangeiros, gringos. Depois, insistimos na história do muito orgulho e do muito amor. Mas, como ia dizendo, criei um personagem falso no Facebook, pirateei amigos do meu perfil verdadeiro — não, não tive coragem de pedir a você para ser minha amiga. Eu, melhor, ele tem se divertido muito, estimula porradaria nas ruas, protestos, pedradas. Diz que participa do Ocupa Câmara, Ocupa Cabral, Ocupa Aldeia Maracanã, já esteve em todos esses cacófatos. Ele xinga muito nossos — ops, seus — clientes. Neste ponto, age de forma muito mais verdadeira que meu eu original. Às vezes, tenho vontade de fazer com que ele, esse eu falso/verdadeiro, revele parte das sacanagens que eles, seus assessorados, fizeram.

Só uma parte das sacanagens. Mas, creia, fico com pena de você, e também de mim, eu não escaparia dos respingos. Até que seria divertido falar das relações com governos, das empresas-fantasmas, da plantação de laranjas, das contas no exterior, dos doadores de campanha, das licitações. Fique tranquila, isso não é uma chantagem, nenhum de nós pode, impunemente, chantagear o outro. Não quero ver você em cana, não quero me ver em cana. Também não preciso de mais dinheiro, o que tenho, você sabe, é mais do que suficiente para ficar flanando pela Europa — sempre achei que, um dia, flanaria pela Europa.

Às vezes, Eloísa, acho que, em nossa vida doméstica, vida mesmo, não aquela de Facebook, deveríamos ter criado perfis falsos. Falsos, mas verdadeiros. Explico melhor. Trocaríamos nomes e profissões. Na vida formal, ligada ao trabalho, exercitaríamos os nossos papéis principais, teríamos os nomes e as profissões que temos, receberíamos a grana correspondente aos nossos trabalhos, almoçaríamos e jantaríamos com assessorados, governantes; iríamos a festas, recepções, seríamos assíduos em helicópteros e jatinhos. Postaríamos fotos tiradas em Nova York, Paris, Tóquio, Cingapura, Caribe, faríamos tudo o que se espera. Mas, em casa, usaríamos outros nomes, teríamos outra profissão. Poderíamos até ter arrumado um outro apartamento, mais caidinho, menos suntuoso que o seu, um apartamento como aqueles que sonhávamos ter quando você era recepcionista e, eu, estagiário. Ali, em Botafogo,

Flamengo ou Laranjeiras, naquela Zona Sul mais para Tijuca do que para Ipanema e Leblon. No início, iríamos para lá apenas nos fins de semana, depois, tenho certeza, ampliaríamos nossa presença. Pelas regras do jogo, jamais nos trataríamos por nossos nomes verdadeiros. Seria tudo falso. Você poderia, sei lá, chamar-se Viviane; eu, Luiz Carlos, nomes meio suburbanos, comuns. Nossos personagens estabeleceriam um teto para suas despesas, uma grana que desse para uma vida legal e apertada. Nada de Antiquarius, de Gero. Muita Adega do Largo do Machado, Circo Voador, Fundição. Vivo Rio, nem pensar. Abriríamos mão do carro, rodaríamos de metrô. Eu poderia ser, digamos, ligado a algum centro cultural. Você, mais estudiosa, daria aulas em faculdades, se viraria numa pós. Participaríamos de algum bloco na Praça São Salvador, iríamos ao Samba da Ouvidor — sim, mudaríamos nossos gostos musicais, a metamorfose teria que ser completa. Como somos apenas nós dois, não seria difícil encarnar nos personagens. De vez em quando, encontraríamos amigos, que se espantariam de nos ver assim, havaianas nos pés, tomando cerveja na lata, no meio da rua. Inventaríamos qualquer história, diríamos que nossa presença ali tinha a ver com trabalho, com pesquisa, com qualquer merda. Enfiados em nossos papéis, não atenderíamos ligações de clientes, não passaríamos noites em claro tentando resolver as cagadas que eles fazem, não teríamos conta no exterior, alugaríamos casa em Arraial para passar as férias, não ligaríamos para editores ou diretores de redação, não participaríamos de carreatas, de correatas, do que fosse. E treparíamos muito, muito. Faríamos tudo o que deixamos de fazer.

Deve ser o vinho, bom e generoso aqui nesta classe executiva. Mas, como dizer sem parecer falso ou hipócrita?, agora baixou uma certa saudade de você. Depois daquela noite em que me agarrou no escritório, demoramos a voltar a ficar juntos. Lembro que pegamos o mesmo elevador, mas cada um foi para o seu lado, sequer uma bebidinha. Fui com você até a Rio Branco, levei-a até o táxi, nos despedimos sem nos tocarmos, não rolou nem um beijinho no rosto. Eu comecei a andar, gosto de andar, você sabe. Ainda mais assim, à noite, no Centro deserto, entre bêbados e miseráveis que reviram sacos de lixo na calçada. Parei num daqueles bares horríveis da Cinelândia, pedi linguiça fatiada — me deu vontade de comer algo que você deve detestar —, tomei meia dúzia de chopes e andei mais um pouco, até meu apartamento no Catete. Duas ou três semanas depois, não lembro direito, fomos juntos a um evento qualquer, se não me engano, o pré-lançamento da campanha de um cliente. A tantas horas, tomei coragem e chamei a chefe para sair de lá, vamos jantar? Para minha surpresa, você topou, fomos naquele italiano. Para minha surpresa adicional, você pouco falou de trabalho, quase não consultou o celular. Reclamou do excesso de compromissos, da dificuldade para cuidar da vida pessoal, de como isso influiu no fim do seu casamento, que durou apenas três anos e que lhe deixara um filho, Gabriel.

Na época ele tinha 7 ou 8, não? Mais surpreendente foi você pedir — sim, pedir! — para dormir em meu quarto e sala (isso, depois de checar se eu tinha ar-condicionado em casa). Começamos a nos agarrar do lado de fora do restaurante, ao lado do meu Gol 1.0. Golaço, gol de placa.

Lembrei de nosso amor clandestino ao dar uma volta em Praga, logo depois de fugir de milhares de pessoas amontoadas na praça principal à espera da talvez mais frustrante das atrações turísticas do mundo, aquele relógio astronômico, o desfile de bonecos que representam os apóstolos. Cercado de japoneses e chineses (e, evidentemente, de brasileiros) por todos os lados, saí para caminhar, não tinha qualquer compromisso, nada para fazer. E, do outro lado da mesma praça, vi um prédio pequeno com duas aberturas no telhado, janelas de um sótão, provavelmente. O engraçado é que os donos da casa aproveitaram o formato das tais aberturas para transformá-las em dois olhos. Sim, quem estava na praça olhava para o prédio e sentia-se observado por dois olhos, algo engraçado, que, para mim, remetia à dominação soviética por lá. Comecei a rir, lembrei de nossas preocupações, de nossos cuidados para não sermos descobertos ou flagrados. Éramos solteiros, desimpedidos. Mas não seria bom tornar público que o repórter com poucos anos de casa estava pegando a chefe, a patroa. Não seria bom nem para mim nem para você. Utilizávamos uma logística complicada, criamos e-mails pessoais apenas para combinar encontros, era difícil escolher um restaurante — eu poderia encontrar com meus amigos nos mais vagabundos; você certamente iria esbarrar com pessoas conhecidas nos mais riquinhos. Acabamos ficando experts em comidas de motel, chegamos a pensar em fazer um guia a respeito — mas morríamos de rir sempre que buscávamos um título, terminávamos sempre na dubiedade do verbo "comer". Nosso roteiro de viagens de fim de semana era esquisito, nada de obviedades como Búzios ou Itaipava, nunca persegui tanto os lugares sem graça e fora de moda. Acho que ainda conviverei por muito tempo com esta sensação de estarem me vigiando, com a possibilidade de ser descoberto fazendo algo errado. Hoje, chega a ser engraçado ter este medo, né? Daí o espanto diante dos olhos do tal sobrado de Praga. Não, não me xingue. Não escrevo para provocar você, longe disso. Escrevo porque sinto vontade de escrever, de contar histórias. Sei lá por quanto tempo eu terei paciência de ficar viajando sem conversar com quase ninguém, talvez até dê uma chegada em Paris, temos — tenho — amigos por lá. Creio que devem continuar a ser meus amigos, você não deve ter falado nada para eles.

Como começou a história com a Amanda? De um jeito parecido ao de tantas outras histórias, parece lugar-comum falar da paixão de um quarentão por uma menina vinte anos mais nova. É mesmo um lugar-comum, admito. Mas, Eloísa, cada história é única, não vulgarizemos os amores, até para não sacanear o nosso. Ela veio, digo, foi, estagiar na agência com uns 21, 22 anos. Fiquei até com medo quando a vi, ela era bonita demais. Aqueles cabelos pretos, olhos azuis, um dentinho da frente meio torto. Adoro mulheres com dentinho da frente meio torto. Engraçada, bem-humorada, despachada, era meio um contraponto às nossas angústias. Você, preocupada com clientes, budgets, captação de grana, sempre enrolada, sempre entupida de projetos, sempre angustiada, achando que o mundo acabaria sem a sua proteção, sem seus conselhos, sem seus insights. Eu, naquela época, não tinha mais tantos dramas de consciência, já, como dizem os evangélicos sobre Jesus, *aceitara* o trabalho, minha função naquela engrenagem. Algumas vezes, a consciência ainda doía, mas dava para tocar uma vida que tinha lá suas compensações. De vez em quando pensava no jornalista que poderia ter sido, que ameacei ser, que desisti de ser. Mas racionalizava a situação, lembrava dos tantos amigos que haviam trocado as redações por assessorias. Eu ganhava bem, muito mais do que poderia imaginar se tivesse ficado em jornal. Para amenizar minhas culpas, surgiu a campanha do Gouvêia, que tratei de adotar. E, para aumentar as minhas culpas, surgiu a Amanda, que você, inadvertidamente, colocou para trabalhar comigo. Ela não entendia nada de política, mas revelou ter ótimas sacadas, tinha uma grande sensibilidade. Para ser honesto, nas duas ou três primeiras semanas de envolvimento na campanha, Amanda começou a desconfiar do Gouvêia, a insinuar que ele poderia não ser assim um cara tão honesto, tão legal. Eu fiquei indignado, dei-lhe um esporro, disse que ela, jovem daquele jeito, não tinha bagagem para julgar um cara como ele, que nunca fizera qualquer merda, qualquer ato que o desqualificasse. Um esporro de gente grande, depois ela me diria que voltou chorando para casa. E não é que a filha da puta tinha razão? Eu me baseava nos dados históricos, na velha e nem sempre boa análise de conjuntura, agia e pensava de forma racional. Ela, mulher, jovem, gostosa, cobiçada por todo mundo, aprendera a olhar para além dos fatos. Sabia que, muitas vezes, a formalidade escondia apenas o desejo do interlocutor de chamá-la para alguma sacanagem. E de sacanagem, eu comprovei, a moça entendia.

Desculpe por detalhar esta história, mas acho que, agora, depois de tudo, não há mais nada que esconder. Deve ser alguma forma de contrição, de, como disse aquele político do Rio, de sincericídio. É como se aqui, no meio desta viagem que não sei quando vai terminar, eu tivesse demitido meu assessor de imprensa, meu marqueteiro e meu gerente de imagem. Não tenho mais nada a esconder, não dá mais para adaptar a minha vida à maneira com que tratava dos nossos clientes, aquela lógica do biquíni; no meu caso, do calção ou da cueca. Estou pelado, exposto no meio da rua, concretizei um pesadelo constante na minha vida, o de me ver sem roupa na multidão. Com você, desenvolvi meu talento para o disfarce, para a busca da melhor versão, do melhor ângulo — talentos que, agora, de nada me adiantam. Eu tomei a decisão de me despir, que trate de aproveitar e de assumir as consequências do meu ato. Você pode imaginar a quantidade de piscadas que dou enquanto escrevo essas frases. Você me cooptou, eu traí você, você me sacaneou, e eu lhe dei o troco. Não temos, portanto, nada a esconder um do outro. Sei que contar a história com a Amanda é uma espécie de tortura, mas você não tem ideia de quanto isto também dói em mim. Hoje, aqui, neste avião, tento me livrar de você ao mesmo tempo em que reafirmo nossa ligação, esta carta mostra o quanto ainda me sinto próximo da sua vida. Jamais diria o que digo aqui para um estranho, para alguém que não fosse importante para mim. Como na homeopatia: o remédio que mata pode curar, tudo depende da dosagem, da perícia no cálculo e da destreza na manipulação. É como se eu estivesse quebrando os frascos de todas aquelas misteriosas substâncias, derrubando prateleiras, jogando líquidos e pós no chão. Necessário derrubar, quebrar, salgar, incendiar, impedir que aqui viceje qualquer outra forma de vida, de amor. Se eu pudesse, derrubaria este avião, ou, menos egoísta, me jogaria pela janela fixada à fuselagem, daria um jeito de acabar com esta história. Como não posso, e não tenho coragem de pular do alto de algum desses infindáveis monumentos europeus, limito-me a narrar, a escrever uma longa carta, um testamento para ser aberto em vida, algo que ateste a minha morte e que possibilite alguma ressurreição

Por conta da campanha, eu subia muito a Serra, ia sozinho, ia com a equipe, ia com a Amanda. Na época, nem sequer imaginava que poderia dar pelo menos uma trepada com ela, tão linda, tão jovem, tão inalcançável. Talvez ela pensasse algo parecido de mim, me visse mais como grife do que como homem. Talvez idealizasse o jornalista que achava que fui, aquele que abandonei no meio do caminho, que larguei por você e sua empresa. Algumas vezes, protagonizei, em histórias que contava para ela, fatos que haviam sido vividos por outros colegas. Buscava na biografia alheia episódios que trouxessem algum brilho adicional ao meu currículo tão limitado. Ela adorava ouvir aquelas aventuras, seus olhinhos brilhavam diante de tamanha competência, sorte, ousadia. Devo a alguns amigos parte das trepadas que eles, com suas vidas, me proporcionaram. Amanda circulava bem, e muito bem, com o restante da equipe. Despertava alguma ciumeira entre as mulheres, derrubava todos os homens, os caras da equipe, da filmagem. Com frequência, quando éramos obrigados a dormir por lá, eu ia para o meu quarto de hotel e ela ficava com o pessoal até mais tarde. Eu morria de inveja daqueles caras, mais jovens, menos encanados. Uma vez ou outra eu ficava a sós com ela, bebíamos uma cerveja (muitas), um vinho (pelo menos, duas garrafas), e conversávamos. Ela me falou por alto de amores, de ficadas, eu comentei que tinha, sim, uma namorada, história meio travada, disse qualquer besteira para não entregar o nosso jogo. Naquela época, nosso caso, Eloísa, era quase público, já tínhamos sido vistos juntos por pessoas da agência, nunca aparecíamos acompanhados por outras pessoas. Não dava para levar vida clandestina cercados por todos os lados. Mesmo assim, insistíamos naquele segredo, era tanto mistério que estávamos nos acostumando a ficar separados. No fim das contas, a ironia venceu, nosso esforço de fingir um distanciamento acabou dando certo, sucumbimos à vida clandestina. Fomos, aos poucos, nos separando, e essa ausência facilitou tudo, amenizou culpas, anulou remorsos.

Memórias doem, né? É óbvio dizer isto, mas nem sempre nos damos conta do tamanho de nossa dor. Há uns meses, em Berlim, consegui visitar o Reichstag. Eu sabia vagamente da história, do incêndio atribuído a um comunista desvairado que se tornou pretexto para que os nazistas fechassem o parlamento, meus conhecimentos não iam além do enciclopédico. Assim, tomei um susto quando a guia do meu grupo começou a destacar as inscrições em paredes internas do prédio deixadas pelos soldados soviéticos nos momentos finais da Segunda Guerra. Muitas e muitas paredes foram pichadas com ofensas aos alemães, palavrões que só não se tornavam explícitos porque escritos no alfabeto cirílico. Mas era possível imaginar as considerações dos invasores — libertadores — em relação às mães dos nazistas, dos caras que haviam provocado uma das maiores tragédias da humanidade. Para minha surpresa, as reformas ocorridas depois da guerra não apagaram todos os xingamentos. Durante algumas décadas, as inscrições ficaram atrás de divisórias, protegidas dos olhos do público. Com a reunificação alemã, houve nova reforma para que o Reichstag voltasse a sediar o parlamento — e foi aí que os caras decidiram expor as ofensas. Nem todas ficaram, mas há muitas, por todos os lados, algumas bem próximas à sala ocupada pelo chanceler federal, a Angela Merkel é obrigada a vê-las sempre que vai para seu gabinete. Lembrei de uma professora da faculdade, ela sempre dizia que, depois da expulsão dos ingleses, chineses discutiram o que fazer com uma enorme estátua de São Jorge plantada em Pequim. "Foi derrubada?", perguntei. "Não, ganhou iluminação especial, feérica, para que ninguém se esquecesse do invasor, da ocupação", respondeu. Os alemães fizeram mais ou menos isso. Ao expor os xingamentos soviéticos em seu próprio parlamento, na sede de seu poder, lembram aos cidadãos o tamanho da merda feita por seus antepassados, os crimes, o genocídio. Ressaltam que, por conta das cagadas pretéritas, todos são obrigados a conviver com as palavras para lá de duras pichadas pelos soldados soviéticos, os mesmos que comandariam o estupro de não sei quantos milhões de mulheres alemãs. Melhor conviver com dores pretéritas do que correr o risco de revivê-las, é importante lembrar para não repetir.

Talvez por isso eu lembre tanto, Eloísa. Talvez por isso eu precise escrever para você, necessite, depois de tanto tempo de viagem, deixar, nestas folhas de papel, meus garranchos, meus desabafos, minhas ofensas. Embarquei com a ideia de esquecer, de deixar para trás você, a agência, nossos clientes, a Amanda, minha vida de jornalista. E, no entanto, não consigo parar de lembrar, de me torturar. É como se vocês todos estivessem ao meu lado, falando, cantando, cobrando, pichando minhas paredes. Tenho bebido menos, evitado perder o controle, mas isso não tem adiantado muito. Todos os dias me pergunto quando irei voltar, se irei voltar, como irei voltar. Como iria encarar você depois de tanto tempo, depois do que fiz, depois de tudo o que você me fez. É por isso que aproveito este voo para escrever, para tentar resumir e organizar as lembranças, para ver se assim me livro delas.

Há uns quinze anos, os alemães convidaram artistas de diversos países para produzir obras que seriam incorporadas ao Reichstag. Um deles, acho que uma francesa, criou um corredor estreito, formado, nos dois lados, por pequenas gavetas que expõem nomes de deputados que lá trabalharam até o incêndio de 1933. Uma das gavetas traz, numa plaquinha, o nome de Adolf Hitler. Sim, o nome de Hitler continua exposto no parlamento alemão. Isto gerou protestos, a plaquinha chegou a ser retirada por determinado tempo, mas a artista bateu pé, insistiu na sua recolocação, alegou que não se podia censurar ou falsear a história. Ela venceu a parada, alemães que passam por lá são obrigados a lembrar que aquele filho da puta chegou ao Parlamento graças aos votos de seus avós. Mas a história é viva. Visitantes deram um jeito de protestar, de interagir com a obra. A tal gaveta, que fica a cerca de 50 centímetros do chão, apresenta uma mossa, está levemente afundada por conta das joelhadas que costuma levar. Ao escrever esta carta, tomo a iniciativa de dialogar com a nossa história, distribuo e levo joelhadas.

Esses caras daqui adoram monumentos, as fontes de Roma chegam a irritar pela água azulada que circula pelo mármore branco, que parece jamais ter sido pichado. No Rio, os ignoramos, mal sabemos quem é o sujeito em bronze que fica aqui ou ali. Até o bronze é maltratado, não é polido, conservado, acumula cocô de passarinho e uma camada esverdeada, meio gosmenta, associação de reação química com falta de limpeza. O descaso talvez seja porque estátuas, por mais grandiosas que sejam, fiquem pequenas diante de tanto mar, tantas montanhas, mas é provável que não nos reconheçamos naqueles homenageados. Acho que foi o Chico que, uma vez, comentou que, ao contrário dos paulistas, não dávamos a mínima para prédios com tantos e não sei quantos andares; no Rio, todos ficavam diminutos em relação às pedras que nos cercam, vigiam e limitam. Nem sempre nos damos conta de que vivemos num brejo cercado de montanhas e mar. Se depender dos cariocas, o Gandhi da Cinelândia permanecerá ignorado ao longo dos séculos, ninguém parece ver aquele velhinho curvado, enrolado num lençol e apoiado numa bengala, suposto monumento ao cracudo desconhecido. Apenas o Cristo e o Drummond escapam desse nosso desprezo, um oposto ao outro. Encarapitado no alto do Corcovado, o Redentor virou referência, suplantou questões de fé, nem ateus o contestam. A estátua do poeta nos ganhou pela simplicidade, pela humildade, pelo convite à conversa, ao desabafo. Drummond se transformou no confessor dos que não creem. No mais, ignoramos todos aqueles sujeitos dispostos em pedestais. Apenas os mais pobres e fodidos os veneram, um culto pagão, voltado para o bronze das placas de identificação e de pequenas peças de cada monumento. Retirado, o metal pode ser vendido, garantirá umas pedras de crack ou alguma comida para um miserável qualquer. Não deixa de ser algo pragmático, o que importa não é o simbolismo desta ou daquela pessoa supostamente eternizada em praça pública, mas o bronze que a imobiliza. O valor está no bronze, no valor em si de cada objeto. De alguma forma, esses sujeitos agem como nossos clientes, que pouco se importam com discursos, propostas, alternativas que permitam melhorar a vida daquele bando de ferrados. Querem apenas o concreto, a grana que esta ou aquela putaria vai gerar. Até fingem ligar para detalhes de cada projeto, de como cada um deles vai beneficiar a vida de não sei quantos milhares de pessoas, a conversa de sempre. Falam como o escultor que descreve detalhes de sua obra, de sua estátua. Mas, no fundo, estão interessados apenas no cobre. Quer saber? O furto de peças de esculturas de filhos da puta do passado não deixa de ser uma justiça histórica — os pobres de hoje roubam o que foi erguido para enaltecer os caras que roubaram seus ancestrais. Aqui se fez, aqui se paga.

E não deixa de ser engraçado quando falo neles, nos nossos clientes, como se eu e você não tivéssemos nada a ver com isso, se, a exemplo deles, não houvéssemos arrancado pedaços de cobre de monumentos, uma corneta aqui, uma espada ali; tirávamos um tasco, como se dizia na minha infância. Um pequeno tasco dos despojos. Um tasco que quase sempre vinha com nota fiscal, mas apenas um tasco, fração daquela roubalheira que nós ajudávamos a viabilizar. Éramos — eu não sou mais — como arrumadeiras de motel, que permitem que a sacanagem alheia seja feita em ambiente limpo, asséptico, sem risco de contaminação. Não, um pouco mais, atuávamos quase como gerentes daquele motel. Por conta de nossa importância, tínhamos direito a uma gorjeta um pouco mais gordinha, um naco/tasco maior. Não participávamos do grosso da safadeza, mas, sem nossa ajuda, ela não se realizaria. Merecíamos cada puto que recebíamos, sabíamos da nossa relevância. Temos certeza de nossa cumplicidade, somos tão responsáveis quanto eles, talvez um pouco mais. Eles, pelo menos, não se sentem culpados pelo que fazem.

Como terminou minha história com a Amanda? Terminou do jeito previsível, era uma relação incapaz de resistir à legalidade. Na quarta ou quinta vez em que saímos, ela sacou que eu tinha um caso com a dona da assessoria, um caso com você, Eloísa. No início, achou engraçado, rindo, me chamou de filho da puta, de grande comedor do escritório. Eu também achei divertido, fiquei lisonjeado, até. Depois, perceberia que a falta de ciúmes revelava uma absoluta ausência de ligação, de envolvimento. Ela pouco se importava com quem eu comia ou deixava de comer. Dali a algumas semanas, descobri que Amanda é que era a grande comedora do escritório, quiçá do prédio. Não se limitava a sair comigo, longe disso. Não era à toa que a equipe técnica entrava na porrada por conta dela, o currículo da moça crescera rapidamente entre nós. Mas, no dia em que ela percebeu a nossa história, que me falou sobre nós, eu é que era o fodão, o sujeito que traçava a bela patroa e a mais jovem e espetacular das funcionárias. Foi bom, divertido. Eu, aquele ex-repórter legalista, aferrado a todos os códigos, a todas as leis, implacável com qualquer mijada fora do penico, completava assim meu ciclo de ilegalidades. Não bastava assessorar corruptos, traçar suas estratégias, cuidar de suas imagens, viabilizar suas mentiras, atuar como um advogado diante da opinião pública. Era preciso também que minha vida privada fosse construída na lógica da clandestinidade. Como tudo era às escondidas, eu também não poderia ser cobrado nem cobrar nada. Não poderia haver uma hierarquia entre o nosso caso e o meu caso com a Amanda, ela — mais jovem — sabia bem disso. Tanto que não ficou amuada quando lhe confirmei o nosso rolo. Quer saber? Disse até que gostaria de chamar você para uma trepada. Sim, já até participara de outras brincadeiras assim, com mais gente na cama. Falou isso pelada, na cama do motel, enquanto traçava um pote imenso de sorvete. Uma imagem até infantil. Aquela mulher linda, nua, peituda, lambuzando-se de sorvete e dizendo que gostaria de participar de uma pequena suruba comigo e com você. De algum jeito você também esteve por lá, falamos de você o tempo inteiro enquanto espalhávamos o sorvete em nossos corpos e nos lambíamos.

Continuaríamos a nos ver por um bom tempo, como eu disse, por algumas semanas. Mas aí, eu é que comecei a ratear. Foi quando descobri que não era o único a sair com a Amanda. A moça não é gulosa apenas com sorvetes. O que fiz? Fiz um escândalo. Lembra daqueles móveis que troquei lá em casa? Disse a você que tinha seguido seus conselhos de dar uma ajeitada na sala. Nada disso. Tive que jogar a velharia toda fora depois de quebrar duas cadeiras e arrebentar com a mesinha de centro. Uma noite, pouco antes do jantar, quando conversávamos no quarto, tomávamos um vinho, Amanda deixou escapar que tinha gostado muito de ir a um motel novo, em Botafogo. Como assim? Nunca tínhamos ido lá. Sim, ela confirmou que não fora comigo, mas com outro cara lá da assessoria. Pior que falou isso como quem pede mais um chope no bar, como quem comenta que não vai dar praia no domingo — não, o diagnóstico sobre a falta de sol que inviabiliza a praia costuma ser verbalizado em tons mais dramáticos. Amanda relatou o que, para ela, era óbvio. Saía comigo, e saía com fulano, e com beltrano, ou sicrano. Não éramos namorados, nada nos unia além da vontade, de, de vez em quando, dar uma trepada. Fazia isso da mesma forma que eu saía com ela e com você — segundo a Amanda, todos no escritório sabiam que eu comia a chefa. Pior foi ouvir isso de maneira quase olímpica, como se ela estivesse mesmo pedindo outro chope ou comentando as condições climáticas no domingo. Ainda balbuciei um como assim, você tem saído com outro cara? Mas a expressão de perplexidade da Amanda diante do meu espanto era tamanha que chegava a inibir minha reação. Ela estava chocada com o fato de eu ter ficado chocado. Eu me vi constrangido a ficar quieto, a reprimir meu espanto, minha decepção, minha tristeza, minha raiva, minha dor de corno que explodia em galhadas virtuais capazes de arranhar todo o teto da sala, quebrar o lustre, atravessar a laje, avançar pelo apartamento do vizinho de cima. Ela notou, e achou melhor ir embora. Foi até a cozinha, tomou de uma vez os dois dedos de vinho que havia na taça e a colocou sobre a pia. Caminhou até a sala, pegou a bolsa, murmurou um tenho que sair cedo, chegar antes das nove no escritório amanhã, encostou seus lábios nos meus, e se foi. E eu fiquei lá, parado, afundado no sofá, imóvel por conta dos chifres que, naquele momento, já deveriam despontar no terraço do prédio, como árvores de Natal prontas a receber bolinhas de plástico e luzes coloridas. Não, não havia como racionalizar, dizer que eu também não era fiel, era duplamente infiel. Não conseguia relativizar a situação, me consolar. Não conseguia imaginá-la nua com outro, agarrada com um filho da puta que não fosse eu. Lupicínio repetia no meu ouvido, ela no braço que nem um pedaço do meu podia ser. Não havia o que dizer, o que pensar. Foi quando percebi que mantinha a taça com vinho suspensa no ar. Teriam se passado uns dez minutos, ou dez horas, ou dez dias desde que Amanda saíra da sala, da cozinha, do meu apartamento, da minha vida. Durante todo esse tempo eu mantivera a taça levantada na altura do peito, meio cheia, meio vazia, com um líquido que, agora, começava a formar ondas, a se debater contra a parede cilíndrica de vidro que o continha, maremoto que lançava jorros vermelhos em direção à borda, espasmos que, ultrapassados todos limites, já manchavam o sofá, o tapete, a mesa. Míssil que se esfacelou contra a parede, espalhou cacos pelo chão, anunciou o início da guerra, as cadeiras jogadas a esmo, uma delas atingiria a pia e a taça que aquela vagabunda deixara por lá depois de ter sorvido o último gole. Foi quando me vi pulando sobre a mesa de centro. Pulei com raiva, peso que se multiplicava, desafiava a resistência da madeira, era como se conseguisse mover os chifres que, àquela altura, suplantavam antenas de celulares espetadas em prédios vizinhos. A primeira quebra do tampo da mesa me jogou sobre o sofá com uma lasca de madeira na perna. Arranquei-a, joguei pela janela, foda-se que atingisse alguém na calçada. E voltei à mesa, comecei a chutá-la, a despedaçá-la. Fui para o banheiro, abri o chuveiro, sentei-me no boxe, sim, vestido, de camisa e calça. Precisava deixar que aquela água fria se misturasse ao filete vermelho que saía da minha perna, ajudasse a aumentar aquela dor. Fiquei lá por muito tempo, por todo o tempo. Arranquei minhas roupas no quarto, me joguei molhado na cama, e dormi. Acordei com o dia claro, envolto em lençóis úmidos, manchados pelo sangue que saíra da minha perna. Doía um pouco. Levantei, catei as roupas no chão, joguei tudo no boxe e tive, enfim, coragem de me ver no espelho. Eu envelhecera, Eloísa. Ao revelar o caso com um outro filho da puta da assessoria, ao deixar a taça sobre a pia, ao beijar de leve minha boca e ao sair de casa, Amanda sancionara a minha velhice. Ela, durante aqueles poucos meses, mentira para mim, dissera que eu era jovem. Isso, não com palavras, mas com sua presença, com seu corpo, com seu gozo. Ela retirara cabelos brancos de minha cabeça, gordura de minha barriga, uma ou outra dobra do meu pescoço. Durante todo aquele tempo, eu só me via nela, me achava contaminado por ela. Ao largar a taça, ao dar o selinho, ao sair e fechar a porta, ela quebrou a magia, me devolveu à condição de abóbora. Mais do que plantar um chifre na testa, ela me esfregou minha própria idade na cara.

Quando foi isso? Tomei o pé na bunda há um ano, ano e meio, perdi um pouco a noção do tempo. Sei é que nós dois, eu e você, também estávamos mal, tensos. Você ficava muito preocupada depois de cada eleição, era o período da colheita, como não cansava de frisar. Além do Gouvêia, fizéramos campanha para outros três candidatos a prefeito, dois deles acabaram derrotados. Ou seja, as perspectivas de ganhos futuros haviam sido reduzidas à metade. Restava esperar que os dois eleitos confirmassem os acertos anteriores e nos contratassem para assessorá-los, cuidar de suas imagens, batalhar por seus projetos, mediar a sempre delicada relação com o mundo. Era chegada a hora de faturar mais. Mas também era o momento de você combinar repasses, de bater pé dizendo que só aceitaria pagamento por dentro para, depois, admitir que algum chegasse por fora. O algum que, talvez, seria transformado em muito, no principal. Era o momento de flexibilizar relações, como você frisava. Uma expressão que traduzia um eufemismo, que relatava de forma elegante a nossa parceria para viabilizar gloriosas putarias, faríamos alguns pequenos favores para garantir a manutenção de nossos serviços. Nada de grave, você insistia, eram coisinhas entre amigos — e você falava "coisinhas" de um jeito que acentuava o diminutivo, tornava a palavra ainda menor, insignificante, banal. No limite, no limite, no limite mesmo — você frisava o "s", ficava messssssssmo — uma entrega de dinheiro aqui, outra ali. Um ou dois favores, uma ou duas coisinhas. Pas grave, como você ressaltava, em francês. Por alguma razão, recorria a uma língua estrangeira na hora de sublinhar que iríamos fazer alguma sacanagem em nome de nossos clientes. Como se assim, em outro idioma, aliviássemos o peso da putaria, escapássemos de condenações morais e das previstas nos códigos Civil e Penal. Os delitos e as penas estavam impressos em português; ao usar outra língua, você simbolicamente escapava das recriminações e condenações expressas no nosso idioma. Você usava sempre o francês ou o inglês, nunca o espanhol, que, dizia, não passa de versão primária e tatibitate do português, não dá para desviar dinheiro falando besteiras como pequetito, dinheirito, subornito, explicava, aos risos, ainda que elogiasse o fato de que, em castelhano, "propina" era algo aceitável e honesto. "Neste ponto, estão mais adiantados do que a gente", ressaltava, irônica.

E foi entre um pas grave e um let's go guys que tudo descaralhou, fodeu a porra toda. Parecia muito simples, operação banal, pegar uma maletinha aqui, deixá-la ali, quase um serviço de motoboy. E por que não mandar um motoboy fazer aquela shit? Porque, darling, não é razoável deixar R$ 2 milhões na mão de um fucking motoboy, aquele dinheiro nem deve caber no bagageiro. Vai que o filho da puta se enfia na traseira de um caminhão, é espremido por dois carros, vai que se distrai com alguma vagabunda, vai que é parado numa blitz. Em condições normais, usaríamos uma empresa de segurança, carro blindado, o de sempre. Mas não convinha chamar a atenção. Em situações ainda mais normais, sequer trataríamos com dinheiro vivo, resolveríamos tudo via transferência bancária, grana que viajaria pelo espaço virtual. Mas não dava para deixar rastros, aquela coleção de zeros à direita logo seria identificada pelos radares da Receita, do Ministério Público, da Polícia Federal. Em casos como aquele, você explicava, era preciso ser discreto, tratar a dinheirama como se não passasse de amostras grátis de remédios enfiadas em duas malas de viagem com rodinhas. Quem é que iria desconfiar de um sujeito — meia-idade, jeans, camisa polo, sapatênis — puxando duas maletas na Rio Branco? O cara teria chegado de viagem, estaria voltando para o escritório. Ou iria até ali pegar um táxi rumo ao Santos Dumont, talvez fosse até a pé para o aeroporto, tão pertinho. Um trajeto curto, não mais de 500 metros, até o escritório do nosso doleiro de estimação. Eu seria acompanhado de longe por dois seguranças, um deles, o Freitas, nosso velho amigo, PM de fé, irmão camarada, discretíssimo — tão discreto que nunca nos dedurou mesmo depois de um flagra, nós dois quase pelados no escritório. Tudo muito simples. E eu tinha todo o interesse em fazer aquele job. Parte daquela grana seria minha. Eu teria direito a 40% da bolada, coubera a mim a tarefa de desembrulhar um desvio escandaloso de grana na Baixada Fluminense. Não era de admirar que não sobrasse dinheiro para pagar médicos, enfermeiros, comprar sondas, anestésicos, remédios, quimioterápicos. A fúria com que os caras mergulhavam no orçamento não permitia que houvesse recursos nem para o Melhoral e a Novalgina. Sempre achei que hospitais eram locais para tratamento de doentes; depois de anos como jornalista e assessor de político, descobri que não. Os prédios imensos, cheirando a clorofórmio e mijo, não passavam de grandes lavanderias, de centros de distribuição de verbas, deveriam ser administrados pelo Banco Central, não pelas secretarias de Saúde. Por lá, pouco se cura, muito se rouba, nada se perde. Perdem-se vidas, mas isso não contava na nossa matemática. O importante era a impossibilidade de medir com precisão os insumos necessários, a quantidade de medicamentos, de lençóis, de feijão, de arroz. Como conferir número de ambulâncias, checar gasto de combustível, computar a quantidade exata de homens envolvidos no esquema de segurança? Hospitais, concluí, foram criados para ser saqueados. A família do nosso amigo deputado, por exemplo, era sócia oculta e majoritária da lavanderia — lavanderia messssssssmo — que tratava de limpar e higienizar tudo o que era usado por lá. Ele se orgulhava do padrão de qualidade de seus serviços e do fato de nunca ter desviado uma peça sequer da rouparia do hospital — foi o argumento que usamos para defendê-lo, lembra? Nem os promotores, nem os delegados, nem mesmo os jornalistas conseguiram provar nada. A auditoria mostrou que não faltava uma fronha sequer. O que fora descartado, peças velhas, gastas, furadas, estava devidamente registrado no sistema. O que aqueles babacas não sabiam era que tudo — lençóis, cobertores, fronhas, uniformes, roupas usadas por pacientes — era molhado antes de ser pesado e entregue à lavanderia terceirizada. Assim, uma peça de 200 gramas tinha seu peso triplicado, quadruplicado, havia o milagre da multiplicação dos quilos. Verba para pagar esta conta não faltava, nada mais simples que conseguir dinheiro para a saúde, nosso deputado produzia excelentes discursos na Assembleia, esmerava-se ao implorar mais recursos para o setor. Graças também ao nosso trabalho, ele foi reconhecido por toda a imprensa como o parlamentar que mais lutava pela saúde. Era um crime para lá de perfeito. Ele, com nossa assessoria e com apoio inocente dos jornalistas, conseguia mais e mais dinheiro para instituições que, lá na frente, sua família ajudava a sangrar. É certo que não conhecíamos os detalhes da safadeza, os mecanismos usados para desviar dinheiro, a história de pesar roupas molhadas, só ficamos sabendo de tudo depois. Acredito mesmo que você não sabia de nada, nem você suportaria tamanha sordidez. Mas não ignorávamos que havia algo errado, aquela dinheirama tinha que sair de algum lugar, nossa cumplicidade era mais do que evidente.

Não foi fácil desenrolar a lambança, passamos dias naquilo, viramos noites revisando textos, propondo estratégias, ensaiando depoimentos, cheguei a dormir no escritório do advogado daquele filho da puta. No fim das contas, conseguimos evitar a CPI proposta por um deputado que conseguia ser mais bandido que o nosso. Pelo menos, depois de negociar com o colega de bancada, ele aceitou um preço justo para não encher mais o saco, considerar que as explicações eram corretas e, depois, tirar licença do mandato, isto, sem vencimentos — frisou que jamais toparia ganhar dinheiro público sem trabalhar (o cara é profissional, disse isso numa coletiva sem sequer esboçar um sorriso, com a cara mais séria do mundo). A boa vontade do nosso novo amigo não saiu de graça, você repetia que, como tudo que tem valor, amizade merece ser remunerada. O agrado ao ilustre parlamentar incluiu quantias que, segundo ele (é bem provável que, neste caso, ele estivesse falando a verdade), seriam redistribuídas entre colegas, deputados que, depois de uma longa reflexão, tinham concluído que nada havia a ser investigado naquela história. Abacaxi descascado, pepino fatiado, precisávamos faturar. E você, a contragosto, tenho certeza, aceitou receber parte do pagamento por fora. Minha concordância foi comprada com aquele bônus de 40% sobre o fee adicional. Pas mal. Pior é que tinha tudo para dar certo, nada iria desandar. Sei que você acredita nessas palavras da mesma forma que acreditamos na inocência do nosso cliente, no peso das roupas daquele hospital, na declaração do ex-futuro presidente da CPI. Sei que você me odeia, e tem muitos motivos para isso. Nem sei se você continua aí, não sei se continua a ler esta longa carta que não sei sequer se irei lhe enviar. Mas ao menos eu posso pedir a você que siga seus próprios protocolos profissionais, respeite o direito que todos têm de tentar explicar seus atos. A vida, my dear, é feita de versões, você insistia, lembra? Não existe verdade absoluta, um avião não passa de um deus de prata voador para uma tribo isolada na Amazônia, na Copa de 58, suecos que nunca tinham estado diante de negros passavam o dedo nos braços de jogadores brasileiros, queriam checar se saía tinta daquelas peles escuras. Só conseguimos ver com exatidão o que se encaixa em informações acumuladas e processadas. Um avião não faria sentido para índios isolados, da mesma forma que negros não correspondiam ao parâmetro de ser humano incorporado por aqueles suecos. Nossos jogadores estavam para os escandinavos da mesma forma que os orientais estavam para os conquistadores ou invasores holandeses que roubaram o molde de seus rostos. Então, vou agora tentar explicar a você, índia isolada, sueca dos anos 1950, o que vem a ser um avião, o que é um negro jogador de futebol brasileiro. Acredite, é mais fácil do que tentar entender o futebol do Pelé.

Tudo começou com sua decisão de não aceitar que o nosso pagamento fosse feito pelos mecanismos habituais propostos pelo cliente, aquela história de pulverizar o dinheiro em empresas-fantasmas que emitem notas relativas a serviços de consultoria. Grana que percorreria caminhos em zigue-zague, faria sequências de saltos triplos e de duplos carpados, e que iria parar na mão de algum doleiro responsável pelo ato final de exportação ilegal de divisas. Você achou tudo muito arriscado, não queria comprometer o nome da empresa com documentos fiscais frios. Como o valor do pagamento era alto demais, considerou prudente não incluí-lo na sua contabilidade formal. Alguém desconfiaria daquela bolada depositada de uma vez só. Nosso cliente também não queria que a nota fosse emitida em nome de sua empresa verdadeira, mas no de outra, que, como algumas construções antigas tombadas pelo Patrimônio, tem, de palpável, apenas a fachada. Em resumo, você resolveu apelar para o esquema antigo, quase romântico, da bolada em dinheiro local que é entregue em mãos ao doleiro.

Em tese, nada poderia dar errado. Saí de casa cedinho, por volta das 8h, vestido com a roupa de sempre, jeans, camisa polo, sapatênis. Passei no escritório para que todos me vissem. Como combinado, você nem sequer apareceu por lá, inventou uma viagem a São Paulo, manteria distância do ato final. Eu, até para tentar controlar a tensão, tratei de trabalhar, de trabalhar mesmo. E precisei tirar dúvidas relacionadas a um aditivo ao contrato com o Gouvêia. Como você estava ausente, seria natural que eu, alguém de sua confiança, pudesse entrar em sua sala, já tinha feito isso outras vezes. Mantive a porta aberta, até chamei a Célia para me ajudar na busca de papéis. Tudo foi feito do jeito mais banal possível, assim como as múltiplas e variadas trepadas protagonizadas pela Amanda. Passei pela Célia, a cumprimentei, pedi que entrasse comigo na sala, ressaltei que ela conhecia mais o jeito como você organizava os papéis, e que eu precisava encontrar o tal aditivo. Fiz a busca em sua mesa, ela foi em direção ao arquivo. Dei uma mexida nas pastas que você deixara por lá, não encontrei nada. Mas, ao olhar para baixo, notei um pequeno pedaço de papel ao lado da lixeira. Papelzinho amassado, com um rasgo no meio que não chegara a dividi-lo em dois. Bom samaritano, peguei-o para jogá-lo na cesta. Mas, sei lá por quê, resolvi ver o que estava escrito nele. Eu e essa minha mania de repórter, o maldito vício de espionar a vida alheia. Aproveitei que a Célia estava de costas e abri aquele papelzinho que, caramba, por que você não queimou aquela merda, Eloísa?, era um resumo da entrega que, dali a pouco, eu iria fazer. Havia as suas iniciais e as minhas. Tudo quase certo. O problema eram as cifras. Ao contrário do que você me dissera, a bolada que eu iria levar até o doleiro era maior, bem maior — R$ 3 milhões, e não R$ 2 milhões —, mas eu continuaria com os R$ 800 mil, 40% de R$ 2 milhões. Fui obrigado a fazer as contas, com a ajuda da calculadora do celular. Caramba, 40% de R$ 3 milhões representariam R$ 1,2 milhão, não R$ 800 mil. Ou seja, você, minha patroa, minha chefa, minha quase namorada, estava embolsando R$ 400 mil do dinheiro que deveria ser meu. É meio esquisito falar assim, com todas as letras, mas você estava me roubando, Eloísa, ficando com parte do que deveria ser repassado para mim. Muito feio, Eloísa Blaumsfield, isso não se faz. Mas você fizera, e eu precisava cumprir o combinado, caso contrário, tudo iria por água abaixo, não embolsaria sequer os R$ 800 mil. Fiquei puto, indignado, mas não tinha alternativa. Recorrer ao Procon, à Justiça? Imagina dizer a um juiz que eu fora roubado na divisão de dinheiro desviado da Secretaria de Saúde. Deveria haver uma justiça paralela, um tipo de arbitragem, para resolver casos como esses, que devem ocorrer muito entre pessoas como nós. Isso ajudaria a amenizar problemas, a evitar mortes. A diferença de R$ 400 mil representava uma bela grana, dinheiro que, somado à minha parcela oficial, me permitiria comprar um bom dois-quartos em Botafogo, quem sabe na Gávea? Mas, graças ao jornalismo e graças a você, aprendi a ser pragmático. Se eu não fizesse o combinado, ninguém ficaria com dinheiro algum, o plano todo seria desmontado. No dia seguinte, quando você voltasse de São Paulo, eu esfregaria o papelzinho na sua cara, exigiria o repasse adicional, adoraria ouvir os flapts e flupts que marcariam suas explicações, suas justificativas, o, você sabe não foi por mal, eu nunca fui boa de contas. Coloquei aquele papelzinho no bolso — está comigo até hoje, um amuleto — e tratei de seguir o script, fui pegar as duas malas abarrotadas de dinheiro. Marcamos o encontro para as 9h num estacionamento meio furreca, sem câmeras, ali perto do prédio do MEC. Fui até lá seguido pelos dois meganhas. Eu tinha que cumprir uma sucessão de gestos banais. Pegar as malas com rodinhas, arrastá-las ao longo da Santa Luzia, chegar à Rio Branco, virar à esquerda, entrar no prédio, pegar o elevador, saltar no sexto andar, entregar tudo para o nosso doleiro. Em alguns segundos, aquela dinheirama se materializaria em nossas contas suíças. Estava tudo certo, eu resolvera correr o risco, achei que valia a pena. E acabei achando engraçado me ver como personagem de filme. Sim, um filme. Foi assim que encarei a situação de, mais cedo, sair de casa e ver minha imagem no monitor de TV que fica na mesa do porteiro. Ao me notar filmado pela câmera de segurança do prédio, imaginei que todo aquele meu dia seria registrado, gravado. Eu estava num filme, e foi assim que tudo aconteceu. Nos menos de dez minutos até o escritório, pensei em enquadramentos (duas câmeras no táxi, uma registraria o meu olhar, a outra, o entorno, a chegada ao Centro do Rio. Uma terceira, no alto de algum prédio, talvez do Instituto Histórico e Geográfico Brasileiro, mostraria a passagem daquele carro amarelo pela Lapa, na direção da Evaristo da Veiga). Naquele dia eu não cometeria um crime de evasão de divisas, apenas faria parte de um longa-metragem que revelaria os bastidores do poder — adoro esse chavão, o usei em algumas matérias no meu tempo de jornalista. De câmera em câmera, entraria no nosso prédio, cumprimentaria amigos, beberia um pouco d'água, olharia discretamente para sua sala. Logo depois, o inesperado. Ajudado pela Célia, vasculhei seus papéis, encontrei a confissão do golpe que levara. Haveria um close no papelzinho, nas cifras, nas iniciais de nossos nomes, na calculadora do celular, na minha boca que apenas balbuciava um filha da puta, ela está me roubando. Os poucos e banais diálogos — bom dia, como vai, fala, garoto, tudo certo — eram suplantados pela trilha sonora, uma daquelas de filmes de suspense. Era um filme que tinha lá suas pretensões intelectuais, buscaria fazer com que o público torcesse pelo bandido — no caso, por mim —, ao mesmo tempo em que condenava sua atitude (o escroto estava embolsando dinheiro roubado de hospitais!).

E a sequência prosseguiu. Enquanto caminhava até o estacionamento, eu me via nas imagens captadas do alto — de um helicóptero ou de um drone — e naquelas obtidas por cinegrafistas que se moviam nas calçadas. Close no meu rosto, corta para a cara dos seguranças, para meus pés, para sinais de pedestres abertos e fechados. Um conhecido passa, me cumprimenta, não é visto por mim. O recebimento da grana é registrado a distância. Eu chego, localizo a SVU preta, dois sujeitos abrem o porta-malas, me entregam os dois volumes, eu os cumprimento, e me mando pela Santa Luzia, os dois braços esticados para trás, mãos pregadas nas alças dos puxadores das valises. Pensei em câmeras que focassem as rodinhas das malas; amplificado, o som provocado pelo atrito delas com o chão se transformaria na trilha incidental. Nada de música de suspense, apenas o aflitivo ruído de rodinhas na calçada, entrando em poças d'água, tropeçando em buracos. OK, OK, uma ou outra imagem feita do alto ajudaria o público a me localizar, o diretor não abriria mão também do rosto dos seguranças.

Eloísa, acredite que, apesar de tudo, da tensão, da constatação de que havia sido roubado, tudo ia bem. Muito bem. Até que o filme começou a fugir do roteiro — eu não sabia, mas havia um outro script, um filme dentro do filme, metacinema, como dizem os críticos. Recebi, pelo celular, uma mensagem curta, enviada por um contínuo do escritório. Sabe aqueles cortes bruscos, que interrompem a cena, que geram suspense na plateia? Foi assim. O celular tremeu, e você sabe que não consigo deixar de atender a uma ligação ou de ler uma mensagem. Parei, coloquei as malas diante de mim, pedi com os olhos a ajuda dos seguranças. O filme mostraria a irritação deles com minha decisão de dar uma checada no celular. Fechada na tela do telefone, a câmera revelaria a mensagem enviada pelo nosso querido Bené, que tinha ido levar uns papéis no escritório do deputado da lavanderia, e, lá, dera de cara com policiais federais. Na dúvida, achou melhor não entregar nada — com tantos anos de casa, ele desconfiava de eventuais problemas éticos na relação com alguns de nossos clientes. Deu uma desculpa qualquer para a recepcionista e se mandou. Mas, na hora em que pegou o elevador, ouviu de um policial o nome da nossa empresa, da *sua* empresa, um comentário genérico, uma besteira qualquer. Mas ouviu. Não sei se ele falou com você, que estava em São Paulo, mas digitou para mim.

Apavorado, achei melhor não ligar para você, nem mesmo mandar mensagem. Já achei uma temeridade o Bené me enviar aquele texto que poderia ter sido interceptado pela PF, pelo Ministério Público, era razoável imaginar que o meu telefone, o dele e o seu estivessem grampeados. Tremia ao imaginar a transcrição da mensagem ilustrando uma reportagem de TV, cheguei a ouvir um repórter recitando aquelas palavras, não queria que um texto meu tivesse o mesmo fim. Pior seria se eu ligasse para você, as nossas próprias vozes é que iriam parar na televisão, amparadas por caracteres e por nossas fotos. Você imagina ver seu nome, sua voz e sua foto no *Jornal Nacional*, dizendo algo lírico do tipo "Darling, fodeu, a casa caiu"? Pior, com um "piiiii" no lugar do "fodeu"? Não, Eloísa, não havia como checar se a operação no escritório daquele pilantra tinha a ver com a sua empresa, conosco. Mas sabia que algo dera errado e que era preciso acabar logo com aquela história. Eu estava quase na Rio Branco, a menos de 100 metros do prédio onde fica a sala do nosso amigo doleiro. Meu rosto — eu era capaz de me ver na tela do cinema — revelou alguma hesitação, logo substituída pela certeza de que eu deveria seguir em frente, acabar de vez com aquilo, quanto mais rápido, melhor. O que não poderia ocorrer era ser preso com uma montanha de dinheiro. Tomei fôlego, apressei o passo. E vi. Puta que pariu, eu vi. Vi Amanda agarrada com um filho da puta que parecia ser bem mais novo. Mais novo que eu? Nada disso, seria fácil demais. Aquele viadinho parecia ser mais novo que ela. Sabe aquela imagem, câmera subjetiva, que registra o olhar de um personagem? Foi assim, os dois sorrindo, atravessando a Rio Branco, viriam na minha direção. Aí, a Amanda me viu, e fez o sujeito virar à esquerda, notei que ele ainda resistiu, mas ela insistiu na mudança de rota. Tudo muito rápido, tudo muito explícito. Fiquei transtornado, minhas pálpebras, até ali sob razoável controle, desandaram de vez, passaram a se mover como se estimuladas por algum impulso elétrico. Cheguei, por alguns décimos de segundo, a voltar a largar os puxadores das malas, largaria tudo para ficar com ela, seria capaz de despejar toda aquela grana na calçada, distribuiria o dinheiro. Ela voltaria a dar para mim, só para mim, e eu daria toda aquela grana para os pobres. Mas não, os dois seguiram, lado a lado, em direção à Presidente Vargas. Para o espanto dos seguranças que, como mostrou a câmera, se entreolhavam (quem disse que meu roteiro é muito original?), eu voltei a interromper a caminhada. O montador haverá de ter competência para fazer com que a cena reflita a densidade do que ocorreu, poucos segundos transformados em horas, em dias, tempo suficiente para um questionamento da vida, do passado, do presente; para que eu tivesse a convicção de que não haveria futuro. Mas, mesmo assim, insisti. Suadas, trêmulas, minhas mãos voltaram a apertar as alças que conduziam o tesouro. A câmera no alto de um prédio mostrou que eu retomara o rumo original. Cheguei na esquina e dobrei à esquerda. As imagens revelam que eu decidira cumprir a tarefa, concluir logo aquela sequência, o drama que ocupava a tela havia pouco mais de cinco minutos. Como combinado, os seguranças ficaram na entrada do prédio, missão cumprida, eu não seria roubado no saguão ou no elevador. Só que este é o momento da grande virada de roteiro, o instante em que o filme surpreende o espectador, paralisa sua respiração, gera a necessidade de uma dose extra de pipocas, faz com que a moça aperte a mão do namorado e que o sujeito deixe de consultar o celular no cinema, o momento em que todos pressentem que vai dar merda. Durante os próximos dois minutos, toda a trama será contada pelas imagens das câmeras de segurança. Ao entrar no prédio, notei que dois policiais federais estavam parados bem ao lado dos elevadores. Fui ao zelador, perguntei, com um muxoxo, o que estava acontecendo. Ele murmurou o nome do seu Jorge, o doleiro. Não sei como os federais não me seguraram ali mesmo. Eu demonstrava ser o que efetivamente era, um idiota nervoso, atabalhoado. Ali, num pentelhésimo de segundo, decidi mudar todo o script, não subiria ao escritório do seu Jorge, não seria preso, não teria meu nome nos jornais, não seria fotografado com um casaco cobrindo algemas nos meus pulsos, não seria achincalhado, não iria parar no *Jornal Nacional*. Que se danassem o diretor, o roteirista, o continuísta, o produtor, o nosso cliente. Que se danasse você, que, afinal de contas, havia me passado a perna. Não entrei no elevador, segui em frente, na direção da esplanada que une os fundos daqueles prédios, área usada como estacionamento. Passei por entre os carros e entrei no saguão de um edifício voltado para a Rua México. Ali, no terceiro andar, fica o escritório daquele outro doleiro, a quem costumava recorrer para tarefas bem mais prosaicas, comprar dólares para viagens e fazer consultas sobre o funcionamento de algumas daquelas complicadas operações de transferência irregular de divisas. Tinha virado meu chapa, chegava a me atender fora do horário de expediente. Uma câmera vai registrar seu espanto ao me ver com as malas cheias de dinheiro, a conversa rápida, o momento em que lhe estico um papel com o número da minha conta, apenas o da minha conta. Eu então abro uma das malas, pego uma bolada de reais, que, em seguida, seria transformada num envelope grávido de euros. O resto do dinheiro, quase tudo, pousaria em breve na minha conta. Ainda ficaria por lá uns 40 minutos. A saída do prédio seria registrada por uma câmera que, colocada do outro lado da Presidente Wilson, mostraria minha entrada no táxi e, depois da saída do veículo, revelaria por alguns segundos a fachada do Consulado Americano, a fila de brasileiros em busca de vistos. Sei, sei, é meio chavão, uma associação meio babaca entre fraude, Estados Unidos, capitalismo, traição provocada por dinheiro. Talvez precise trocar esta cena na edição final.

Fui para casa, fiz a mala, peguei meu passaporte, quebrei o chip do celular, destruí o telefone, o joguei numa lixeira de rua, e corri pro Galeão. Como saber, naquela hora, que os policiais não iriam à sua empresa? Como adivinhar que não havia nada contra você, contra mim, que a presença dos policiais no escritório do deputado e na sala do Jorge era por conta de outro esquema, que a possibilidade de acabarmos envolvidos naquilo era desprezível, quase nula? Na hora, não havia como saber disso, precisava dar um jeito de me livrar daquela montanha de dinheiro, queria sair correndo, fugir daquela grana, da polícia, de você, da Amanda, do *JN*, da *Folha de S.Paulo*. Acredite — sei que não vai acreditar, você tem muitas razões para não acreditar —, eu não queria ficar com tudo, mas só sabia o número da minha conta no exterior, não tinha a menor ideia do número da sua. Não havia como apurar nada naquelas condições, tudo estaria controlado, grampeado, vigiado. Além do mais, eu, pouco antes, ficara sabendo da sacanagem que você aprontara, de sua decisão de ficar com uma parte da minha grana. Estava puto com você, Eloísa. Na hora, nem pensei que, caso estivesse sendo procurado, poderia ser impedido de embarcar para o exterior. Só pensei em me mandar. Cheguei duas horas antes de um voo para minha querida Paris, ainda havia vagas, comprei a passagem com dinheiro, cash, embarquei, viajei.

Como você sabe, estou viajando até hoje, lá se vão mais de sete meses. Nunca achei que gostaria tanto de viajar sozinho, sempre detestei não ter companhia. Mas, desta vez, é diferente. Viajei achando que estava sendo perseguido, procurado. Hoje, sei que não estava, que foi um mal-entendido, mas sei também que é complicado voltar, encarar você. Por conta de tantas operações, de prisões, também achei que, de uma hora para outra, o país tomaria jeito. Paranoico como sempre fui, tive a certeza de que esse jeito ocorreria justamente na minha vez de usufruir da suruba que sempre marcou as relações entre empresários, políticos e Estado. Tenho essa mania de perseguição, deve ser por conta do dia em que, na sala de aula, fui flagrado pelo inspetor durante uma batalha de giz. Todos jogavam pedaços de giz, menos eu. A guerra se prolongava por mais de dois minutos quando resolvi, enfim, entrar na brincadeira. Entrei no momento em que os outros saíam, no instante em que o inspetor chegava à sala. Ele me flagrou com o braço direito levantado um pouco atrás da cabeça. Na mão, um pedaço de giz aguardava o arremesso. Fui o único punido, o único que não chegara a participar daquela zona. Desde então, Eloísa, vivo com o sinal amarelo ligado, aceso, atento para o menor risco, não quero voltar a ser flagrado com o pedaço de giz na mão.

Tudo, creia, não passou de um acidente, não foi crime premeditado, em momento algum eu pensava em roubar o seu dinheiro, nem me vingar da volta que você iria me dar. Não fui em busca dos cem anos de perdão oferecidos a quem surrupia a grana de ladrões. Esperava devolver a sua parte — descontada dos meus R$ 400 mil, é evidente —, ainda não descartei fazer isso. Mas agora temo que a movimentação de tanto dinheiro possa despertar suspeitas sobre mim e, mesmo, sobre você — tá vendo como eu penso em você? Por ora, vou continuar a rodar, jamais fizera uma viagem como essa, sem rumo, sem prazo, sem preocupação com dinheiro. Não estou preocupado com nada, às vezes me lembro de você, da nossa história; me lembro também da Amanda, imagino vê-la pelas belas ruas daqui. Quer saber? Danem-se vocês todos, eu já dei um jeito de me danar. Voltando a pensar como se estivesse em um filme, acho que agora, depois de tanto tempo, começo a achar que tudo até faz sentido, houve uma sucessão de abandonos iniciada no dia em que larguei o jornal para ir trabalhar com você. Depois, fui deixando alguns princípios pelo caminho, um aqui, outro ali. Nós dois também tratamos de permitir que a nossa história morresse, e a Amanda fez questão de matar o que ocorrera entre mim e ela. Pior é que ela fez tudo sem drama, como se se limitasse, ao amanhecer, a tomar um banho e vestir a roupa depois da trepada com alguém que conhecera algumas horas antes. Achei que fugia da polícia, descobri que fujo de você, do seu escritório, da Amanda e de mim mesmo. Não quero ser encontrado por aquele filho da puta em que havia me transformado. Corro daquele escroto, não permitirei que ele me alcance, nem que, para isso, precise usar o dinheiro que ele me permitiu ganhar. Dinheiro que também era seu. Faço isso sem vacilar, sem medo — você não pode dar queixa contra mim, sua denúncia seria uma confissão, acabaria com seu nome, com sua carreira. Em Budapeste, na Casa do Terror, são expostas evidências das sacanagens feitas pela União Soviética. Cartazes e fotos mostram como a

Pátria Mãe do Socialismo afanava boa parte da produção dos agricultores húngaros. Tudo em nome da solidariedade entre os povos, uma expropriação feita por homens que viviam para acabar com a exploração do homem pelo homem. É como se eu desse continuidade àquele ciclo — seus clientes tiravam não dos agricultores, mas do Estado, você mordia um pedaço da mordida anterior e repassava um pequeno tasco para mim. Eu apenas fui um pouco mais guloso desta vez.

Fujo como se tivesse um outro rosto, máscara — uma daquelas do museu de Amsterdam, por que não? — grudada na minha cara. Minha face original se perdeu, ficou para trás, da mesma forma que aquelas estátuas comunistas amontoadas na periferia de Budapeste. Temidas e odiadas há algumas poucas décadas, hoje são risíveis, patéticas, reafirmam seu anacronismo em cada braço levantado, em cada olhar voltado para o futuro da redentora pátria socialista, amém. Uma pátria em tese tão pura quanto a sonhada pelos que se esgoelam pelas ruas brasileiras; muitos deles já devem ensaiar um outro caminho, em breve trocarão pedras, fogo e manifestos por gabinetes onde refletirão sobre pedras, fogo e manifestos.

Não, não me xingue assim. Acho que você deveria se orgulhar de você. Depois de tanto tempo, conseguiu me converter, me transformou em um de vocês. Sou seu principal case, a estrela que brilha no seu portfólio. Não, para ser mais exato e honesto, admito que você não forçou minha mudança, percebeu que eu estava aberto a me deixar transformar. Notou isso há bastante tempo, lá atrás. Sabia do que eu seria capaz de fazer, as fotos que me mostravam rígido e incorruptível iriam envelhecer, seriam esquecidas em algum equipamento prestes a se tornar obsoleto. Esse tempo de memória curta é bom para quem procura se reinventar. Seu olho clínico não falha, você errou apenas ao não imaginar que poderia vir a ser vítima de sua criatura; como se dizia na minha infância, saí melhor do que a encomenda. Portanto, não se sinta traída, fracassada. Minha trajetória é uma prova do seu sucesso, do seu talento. Você estava certa quando, presumo, mandou que ficassem quietos todos os babacas assustados com as manifestações. Alguns poucos daqueles ladrões filhos da puta, e não me refiro apenas aos seus clientes, devem ter se ferrado. Há os que exageram na ânsia de mergulhar no dinheiro alheio, não conseguem parar de roubar, de aumentar aquela riqueza que lhes chega de um jeito tão fácil. Estes, uns novos-ricos, deslumbrados, são os que se afogam. Os mais discretos continuam vivos, felizes e prósperos. Até eu me tornei um milionário. Mas, insisto, apesar do prejuízo, não fique triste, você, insisto, é vitoriosa. Minha conversão assim, tão radical, reafirma a força de um processo e prova, mais uma vez, que, no fim, a Casa sempre vence.

Agradecimentos

Bárbara Pereira, Marcelo Moutinho, Oscar Valporto, Paulo Roberto Tonani do Patrocínio e Sérgio França foram os primeiros destinatários desta carta. Leitores atentos, fizeram observações essenciais. A todos, meu muito obrigado.

Este livro foi composto na tipologia Swift Lt
Std, em corpo 11/17, e impresso em
papel off-white no Sistema Cameron da
Divisão Gráfica da Distribuidora Record.